남몰래 흐르는 눈물

Ode to Music 101

# 남몰래 흐르는 눈물

## Ode to Music 101

이인해 음악시집

W미디어

**차례**

헨리 퍼셀부터 스티브 라이히까지,
클래식 음악 101인의 작곡가를 주제로 한 시

# 퍼셀

12월의 터널 끝에서

세상은 갑자기 밝아지기 시작했다.

새벽의 어스름은 점차 오렌지 빛으로,

황금빛 나팔소리는 세상 끝까지 퍼져나갔다.


다시 시작하라는 듯

잿빛 하늘에서는

마침내 눈이 펑펑 내렸다.

## Henry Purcell(영국, 1659 경, 런던~1695, 런던)

퍼셀은 여러 악기 중에서도 특히 트럼펫을 대단히 좋아했는데, 당시 이 악기의 잠재력을 누구보다도 깊게 파헤쳐 기교면에서 제약이 많은 트럼펫을 독주 풍으로 다룬 작품을 여럿 남겼다. 그 가운데 영화 〈크레이머 대 크레이머〉의 아이와 엄마가 등장하는 장면에서 나오는 음악이기도 한 '트럼펫과 현을 위한 소나타 D장조'가 단연 뛰어나다. 1악장-알레그로, 2악장-아다지오, 3악장-알레그로로 구성된 이 작품은 퍼셀이 타계하기 1년 전인 1694년에 작곡되었으며, 이 곡에서 트럼펫 소리는 마치 빛이 마구 쏟아지는 것 같다.

# 알비노니


여름이 지나간 허허로운 그곳에

그래도, 슬픔을 삼키며 흐르는 강이 있다.


외마디 끊어질 듯 가늘게 흐르는

여윈 어깨선,

가슴 깊이 울음을 삼키는

현의 가느다란 떨림.

## Tomaso Albinoni(이탈리아, 1671, 베네치아–1751, 베네치아)

알비노니를 널리 알린 음악은 '현과 오르간을 위한 아다지오 g단조' 이다. 그런데 사실 이 곡은 알비노니의 작품이라기보다는 지아조토(Remo Giazotto, 1920~1998)의 곡이라 해야 옳을 지 모르겠다. 이탈리아 작곡가인 지아조토는 제2차 세계대전이 끝나자마자 폐허가 된 독일 드레스덴을 찾아 작센 주립도서관에서 스케치에 불과한 한 악보를 발견했다. 그것은 그때까지 발견되지 않았던, 알비노니가 1708년 경 작곡한 교회 소나타와 g단조 소나타의 일부분이었다. 그러나 그것만 가지고는 알비노니의 소나타를 복원할 수는 없었다. 그래서 그는 이 스케치 악보를 기초로 작품을 완성했다. 이것이 그 섬세한 선율과 낭만적 감성으로 많은 사랑을 받는 알비노니의 '현과 오르간을 위한 아다지오 g단조' 이다.

# 비발디

물소리, 새들이 지저귀며 인사하네.
집 밖에서 폭풍우가 쳐도 마음 편하네.
비가 내리고, 바람 불어도 즐거운 풍경.

낙엽이 지고, 한겨울 눈보라가 지난 뒤
죽은 나무에서는 뿌리가 살아나고.

꽃이 만발한 정원의 바로크 풍 흔들의자,
저 혼자 몸을 흔드네.

## Antonio Vivaldi(이탈리아, 1678, 베네치아-1741, 빈)

비발디는 '사계'를 작자 미상의 소네트에 맞춰 작곡했다. 시는 단조로운 자연 묘사가 주종을 이루고 있으나 자연의 충실한 묘사, 그 속에서 사는 인간의 삶을 소박하게 그리고 있다. '봄'에서는 기다리던 봄이 오고 있음을 기뻐하는 사람들과 작은 새들을 그리고 있으며, '여름'에서는 더위의 나른함과 갑작스런 폭풍을 묘사하고 있다. '가을'에서는 풍성한 수확에 기뻐하는 마을 사람들과 사냥 모습을 활기 있게 그렸으며, '겨울'에서는 휘몰아치는 바람과 얼음 위를 걷는 사람들 모습을 그렸다. 조성에서도 안락함과 기쁨을 주는 봄과 가을은 장조로, 이에 비해 불안하고 우울한 여름과 겨울은 단조로 나타내 이미지를 일치시키고 있다.

비발디의 〈사계〉 중 제1번 〈봄〉 E장조, Op. 8

# 텔레만

새들의 지저귐으로 즐겁다.
시냇물 흐르는 소리 들리기도 하고
바람이 나뭇잎들을 흔들기도 한다.

후드득거리던 빗소리 그칠 때
사람의 마음에도 바람이 잦아든다.
사람과 사람 사이에 꽃들이 피고,

별빛이 내려와 앉아 즐겁다.

## Georg Philipp Telemann<small>(독일, 1681, 마그데부르크~1767, 함부르크)</small>

텔레만은 생전에 바흐를 능가할 정도로 명성을 얻었지만 19세기에 들어와서는 그의 작품을 연주하는 횟수가 줄어들었다. 그러다가 그의 대한 관심이 되살아난 것은 20세기 초의 일이다. 그의 음악은 자연스러운 선율, 대담한 화성, 쾌활한 리듬이 특징이다. 심오한가 하면 기지에 차 있고, 가벼운가 하면 진지하면서도 다양성을 잃지 않는다. 가장 유명한 작품은 '타펠 무지크' 이다. 여러 가지 형태의 기악곡을 포함하고 있는 이 음악은 17~18세기 궁정이나 귀족사회에서 즐기던 일종의 사교음악으로, 연회 때 식사의 여흥처럼 즐기던 음악이다.

# 마르첼로

모든 소리는 숲으로 빨려 들어간다.
소리를 잠재우는 숲은 깊을수록 고요하다.


깊은 숲 속에서는 바람소리마저 잦아들고
마침내 세상 모든 슬픔이 잠들 때
숲의 고요가 내는 소리,
어둠을 뚫는 한 줄기 빛 같은
가느다란 오보에.


슬픔에 기댄 마음이 가벼워진다.

## Alessandro Marcello(이탈리아, 1684, 베네치아-1750, 베네치아)

'베니스의 사랑' (원제; 익명의 베네치아인)이라는 이탈리아 영화가 있다. 남자 주인공은 백혈병을 앓고 있는 오보이스트 엔리코(Tony Musante). 엔리코의 표정은 언제나 우수에 젖어 있다. 그는 삶이 얼마 남지 않았다는 생각에서 헤어진 아내(Florinda Bolkan)를 만나기로 결심하고 베니스로 초청한다. 죽음이 임박한 상황에서 이루어진 두 사람의 만남. 엔리코는 생애 마지막 콘서트를 준비하고, 이런 그의 리허설을 지켜보는 아내는 슬픔을 견디지 못해 베니스를 떠난다. 이 장면에서 등장하는 음악이 마르첼로의 오보에 협주곡 d단조의 제2악장. 백혈병으로 죽어가는 오보이스트의 애조 띤 칸틸레나는 애잔하고 비통하기 그지없다.

# 헨델

물과 놀고 싶다, 물결의 찰랑거림, 물결의 부딪침,

튀어 오르는 물방울.

물과 섞이고 싶다, 물결의 유희, 물결의 지저귐, 눈부시게 부서지는

물방울.


물은 머물지 않고 흘러가면서, 내가 있는 곳에서 너의 곳으로

알 듯 모를 듯 더 낮은 곳으로, 그래서 물과 섞이고 싶다.


흐르다가 서로 부딪치기도 하면서, 더 낮은 곳에서

물과 놀고 싶은 알라 혼파이프는, 스케르초 풍으로.

## Georg Friedrich Handel(독일, 1685, 할레–1759, 런던)

헨델의 시대와 작품을 살펴보면 그의 음악이 신권 중심의 음악으로부터, 서서히 일어서는 권력의 주체인 중산층 음악으로 바뀌고 있음을 알 수 있다. 이것은 궁정오페라로부터 오라토리오로 전환하면서 생긴 결과로써, 오라토리오는 헨델의 명성을 확고히 해주는 업적이다. 헨델은 오라토리오라는 형식을 빌려 숭고함·장엄함·통쾌함·현실감 등을 표현해 어느 누구도 따르지 못하는 경지를 보여주었다. 그의 오라토리오 대부분은 종교에서 소재를 취하고 있으나 연주회를 위해서 만든 음악으로 극장음악으로 보아야 할 것이다. 당시 시대상황을 보면 권력의 중심도 절대적으로 경배하던 신권으로부터 서서히 왕이나 귀족으로 옮겨감을 알 수 있다. 그런 음악의 중심에 헨델의 '수상음악' 과 '왕궁의 불꽃놀이음악' 이 있다.

# 바흐

누군가 저 깊은 층계를
내려가고 있다.
아니, 누군가 저 높은 층계를
올라가고 있다.

한 층계씩 그 사람이 촛불을 켠다.
갑자기 사방이 환해진다.
저 깊은 음계 아래서 긋는
D장조의 지그,

촛불의 춤.

바흐의 《무반주 첼로 모음곡》, BWV1007 (부분)

**Johann Sebastian Bach**(독일, 1685, 아이제나흐~1750, 라이프치히)

마치 깊은 고난으로부터 시작되는 듯한 바흐의 '무반주 첼로 모음곡' 여섯 곡은 아마도 그의 음악 가
운데서도 가장 오랜 동안 잊혀지고 평가받지 못한 작품일 것이다. 그러나 카잘스의 우연한 악보 발견
으로 카잘스는 첼로의 거장이 되었고, 이 '무반주 첼로 모음곡' 은 첼로를 공부하는 사람들의 통과의
례곡이 되었다. 이 모음곡의 가장 큰 특징은 무반주라는 것이다. 선율악기이면 반드시 동반해야 할
통주저음이 없는 것이 특징이지만, 첼로가 선율악기이면서 동시에 통주저음의 역할을 감당하고 있다.
'한 성부 위의 폴리포니'. 이것이 아마도 바흐 음악의 매력이며, 마치 기도문을 듣는 듯한 그래서 그
고귀하고 우아하기 그지없는 단순성이 우리의 정신을 맑게 한다.

# 하이든

어디쯤인가,

종달새가 하늘로 날아오른다.

높이 오를수록 세상을 멀리,

멀리서 봄이 오고 있다.

귓가를 스치는 봄바람의 날갯짓.


이윽고 종달새 몇 마리의

유쾌한 지저귐 속에서

4악장 비바체가 지나가고,


비릿한 봄 냄새.

**Franz Joseph Haydn**(오스트리아, 1732, 로라우-1809, 빈)

'종달새' 라 불리는 하이든의 현악4중주 제63번 D장조는 에스테르하지 실내악단의 바이올리니스트 요한 토스트가 결혼하면서 하이든에게 청탁, 1790년에 작곡된 현악4중주 6곡 중에서 다섯 번째 곡이다. 이 곡은 그의 현악4중주곡에서 제77번 '황제' 못지않게 널리 사랑받는 작품으로, '종달새' 라는 별칭은 주제의 선율적 성격에 바탕을 두고 있다. 1악장 첫머리의 제1주제가 마치 종달새가 하늘을 날아오르는 듯하며 제1바이올린에 의한 고음이 종달새의 울음 같은 느낌을 주고, 무궁동으로 섬세하게 움직이는 4악장 또한 종달새의 유쾌한 지저귐을 연상시키고 있다.

# 보케리니

너를 보내고 그리움만 남았네.

가까이 다가가고 싶었지만 차마 다가가지 못하고

간절함으로 기도한 2악장 아다지오의 아름다움.

끝내, 독주 첼로는 가슴을 쥐어뜯으며

저토록 깊이 그리움을 노래하는데.


그리움 속에서 눈에 어리는

아름답고 긴 너의 목덜미.

**Luigi Boccherini**(이탈리아, 1743, 루카-1805, 마드리드)

유럽 전역에서 첼리스트로 활약한 보케리니는 작곡가로서 근세 이탈리아의 현악 합주 양식을 프랑스 기악 형식과 결합시켜, 바이올린 음악의 코렐리나 타르티니 같은 업적을 첼로곡과 실내악 분야에서 남겼다. 특히 첼로 음악에서 그는 첼로에 명기적 성격을 부여해 독주악기로서의 위치를 높여 주었다. 보케리니 첼로 작품 가운데서는 첼로 협주곡이 단연 뛰어나다. 그 중 가장 유명한 것이 바로 제9번인 'B플랫장조 협주곡' 이다. 전3악장 중 1악장의 독주 첼로의 아름다운 중음 선율이 애수를 띠고 흘러 이상적이며, 선율미가 넘치는 2악장의 독주 첼로가 무척 아름답다.

# 모차르트

오선지 위에서
천상의 작은 새 몇 마리가
뛰어 놀고 있다.
퐁 퐁 포르롱.

하얀 눈 위에
작은 새 발자국도
퐁 퐁 포르롱.

슬픔이 쏟아질 것 같은
너무 투명한 하늘.
그곳 별들이 내는 소리다.

모차르트의 2악장.

## Wolfgang Amadeus Mozart(오스트리아, 1756, 잘츠부르크~1791, 빈)

프랑스 여류감독 아네스 바르다의 영화 '행복'이나 스웨덴 영화 '엘비라 마디간'은 모차르트 음악의 아름답고 순수한 이미지를 멋지게 영상 속으로 용해시킨 작품이다. 아름답지만 슬픈 영화에 모차르트 음악이 자주 쓰이는 것은 '너무나 아름다워서 오히려 슬프게 느껴지는' 그의 음악의 투명성 때문일 것 같다. 영롱한 구슬이 구르는 듯한 아름답고 유려한 소리는 모차르트 음악 중에서도 대부분 피아노 음악 제2악장에서 나타난다. 그 중에서도 1785년에 작곡한 세 곡의 피아노 협주곡(제20·21·22번)과 그 다음해에 완성한 세 곡의 피아노 협주곡(제23·24·25번)의 제2악장이 너무나 아름답다.

# 베토벤

소나기다,
빛의 소나기.

빛 속에서 무수한 사람들의
함성이 터져 나온다.
땅에서 하늘로, 하늘로부터 땅으로
소용돌이치는 소리의 빛,
눈부신 빛의 소리다.

인간의 소리 같기도,
신의 소리 같기도 한
저 빛의 소리는 자유,
세계인들의 함성.

## Ludwig Van Beethoven(독일, 1770, 본–1827, 빈)

베토벤의 제9교향곡 '합창' 은 1824년 5월 7일에 빈의 케른트너토어 극장에서 작곡자 자신의 지휘로 성공적인 초연이 이루어졌다. 이때 귀먹은 베토벤이 청중의 환호성을 듣지 못하고 있자 알토 독창자 카롤리네 웅거가 그를 객석으로 돌려 세워 청중의 열화 같은 모습을 볼 수 있게 하였다. 에피소드로 전해 오는 이야기지만 '합창' 교향곡 초연의 이 마지막 장면은 인류예술사의 위대한 한 페이지를 장식하는 순간이라고 할 수 있다. 서양음악사에서 베토벤보다 더 좋은 작품을 쓴 작곡가는 얼마든지 있을 수 있다. 그러나 '합창' 교향곡보다 더 위대한 작품은 찾기가 쉽지 않다. 이것은 '합창' 교향곡의 음악적 평가에서도 그렇겠지만 인간승리라고 할 이 작품의 탄생 과정에서도 그렇다.

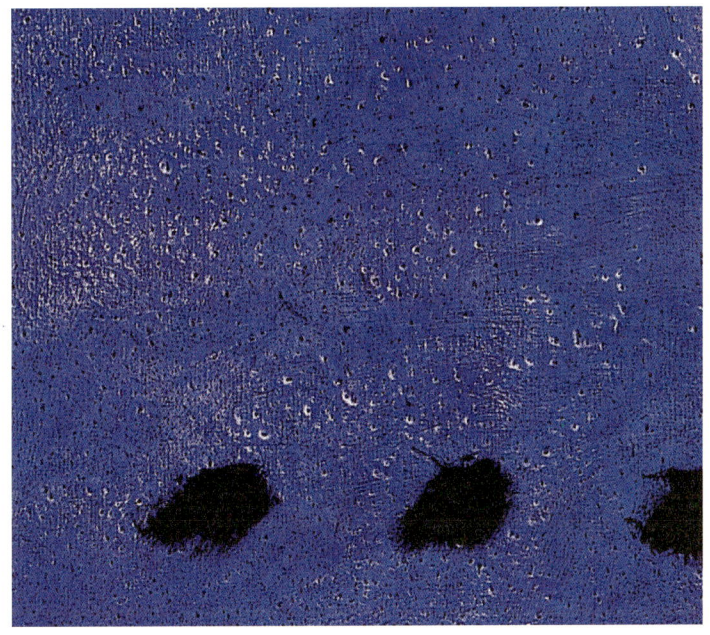

# 필드

코끝을 스치는 공기가 부드럽다.
장미 꽃잎을 가득 뿌려놓은 저녁놀
장미꽃 향기가 흠뻑 묻어온다.


며칠이고 머물고 싶은 그곳에
지극히 여성적 선율이 흐르는데
조금은 울적해지는 초저녁.

**John Field**(아일랜드, 1782, 더블린-1837, 모스크바)

필드의 녹턴은 1812년 경부터 1836년까지 작곡됐다. 그는 피아니스트로서도 명성을 날리면서 많은 피아노곡들을 작곡했지만, 가장 중요한 작품은 녹턴이다. 이 녹턴은 자신의 연주에서 보여주는 풍부한 표현력을 살리기 위해 스스로 개발한 형식으로, 다소 애조 띤 선율로 꿈꾸듯 자유로이 활보하는 오른손의 선율과 정형화된 화음을 따르는 왼손과의 조화가 아름다움의 극치를 이루고 있다. 당시 쇼팽이 존경할 만큼 피아노의 대가였던 필드는 녹턴의 양식으로 쇼팽에게 가장 큰 영향을 미친 작곡가이며, 그에 의해 개발된 피아노 어법이 쇼팽이 이르러 정점에 달했다는 것이 일반적 정설이다.

# 파가니니

그의 손에는 여러 개 바이올린이 있다. 조롱하는 손가락질 속에서
한 번에 여러 개 바이올린을 켠다. 말발굽 소리, 심지어는 아이들의
괴성으로.

붉은 바이올린, 노란 바이올린, 파란 바이올린, 검은 바이올린,
하얀 바이올린을 켜는 손이 여럿이다, 손가락도 아주 길고 팔도
아주 길다.


그가 켜는 바이올린 소리는 악마의 웃음.
환청처럼 귀를 막아도 들려온다.

34

## Nicolo Paganini(이탈리아, 1782, 제노바~1840, 니스)

파가니니의 예술은 완전한 비르투오지티의 요약이라 할 수 있다. 파가니니는 리스트의 생애에 결정적인 영향을 미쳐, 리스트는 파가니니의 신기에 가까운 기교를 피아노 위에 옮겨 놓으려 시도했다. 파가니니는 자작 연주를 위해 작곡을 상당히 많이 했는데, 생전에 출판된 것은 '무반주 바이올린을 위한 24 카프리스' 뿐이다. 이 짧은 곡들이 바이올린 연주에 대한 고도의 기교 문제를 골고루 다루고 있는 초절기교적 연습곡이다. 단순하면서도 발랄한 선율을 위시하여 풍부한 음악적 내용으로 가득차 있어 바이올린 표현의 에센스 같다.

# 베버

바람은 구름으로 몰려가고

구름은 비가 되어 간밤 내내

후두둑거리며 지나간 비는

비 개인 아침이 되어

아침 햇살에 나뭇잎 반짝이며

다시 몰려가는 바람이 되어

비로소 낭만의 즐거움처럼

바람 지나가는 숲속에서

나뭇잎 스치는 그 소리,

f단조의 클라리넷은.

## Carl Maria von Weber(독일, 1786, 올덴부르크-1826, 런던)

베버에게는 오페라 외에도 주목할 작품으로, 표제음악의 싹을 틔운 '무도회의 권유' 나 'f단조 콘체르트슈튀크' 를 비롯한 피아노곡, 그리고 클라리넷 곡들이 있다. 베버는 1811년 뮌헨 여행 때 명 클라리네티스트 하인리히 베르만을 알게 되어 클라리넷을 독주악기로 사용한 곡을 작곡한다. 그것이 클라리넷 소협주곡인데, 이를 바이에른의 왕 막시밀리언이 듣고 감동하여 클라리넷 협주곡을 작곡할 것을 명령하여 클라리넷 협주곡 제1번과 2번이 탄생했다. 그 중 화려하고 극적인 제1번 f단조가 더 유명하며, 클라리넷 곡 가운데 명작으로 꼽힌다.

# 로시니

사람 사는 세상이나 풀잎 세상이나
바람 불면 스러지고 바람 자면 다시 일어나지.
사랑에 울다가 웃다가 풍자로 한세상 살더라도
사랑은 사랑끼리 예나 지금이나 순수한 거지.
물론 그렇다고, 그런 거라고 멀리서
가까이 들려오는 피가로의 콧노래.
세상 삶은 오늘도 그렇다고 하지.

## Gioacchino Rossini(이탈리아, 1792, 페자로-1868, 파시)

로시니의 음악 개성은 유쾌한 스타일과 경쾌한 음향에 시원한 리듬이며, 오페라 줄거리에는 따뜻한 정감이 넘치고 있다. 그 중에서도 1816년 로마에서 초연해 명성을 확고부동하게 한 '세비야의 이발사' 는 로시니 오페라의 최대 걸작으로 24세 때 쓴 작품이다. 로시니가 자랑하는 관현악법의 생생한 울림과 유창하면서도 발랄한 선율, 그리고 풍자에 찬 이야기를 멋있게 살려 모차르트의 '피가로의 결혼' 과 쌍벽을 이루고 있다. 원작은 보마르셰의 풍자희극. 유명한 노래는 1막에서 피가로의 '나는 거리의 이발사' , 로지나의 '방금 들려온 노래 소리' , 바질리오의 '험담은 미풍처럼' , 2막에서는 로지나의 '사랑으로 불타는 마음' 등이다.

# 슈베르트

허공을 향해 던지는 그리움의 음표 몇 개,

메아리로 되돌아와 더욱 간절해지는 눈송이 몇 개.


얼어붙은 하늘에선 마침내 눈발이 퍼붓는다.

'겨울 나그네' 길 위로 삶의 방황처럼 날갯짓하는 눈송이,


그래도 따뜻하다.

한겨울에 집이 그리운 사람에게

멀리 있는 불빛이 그렇듯

눈물이 그렇듯이.

## Franz Schubert(오스트리아, 1797, 리히텐탈~1828, 빈)

슈베르트는 여러 시인들의 시에다 곡을 붙였지만, 그 시는 자신의 이야기였다. 따뜻하고 아름다운 세계에 대한 그리움이 슈베르트에게 절실하지 않았다면 그 노래가 주는 감동이 우리의 가슴에 젖어들지 않았을 것이다. 전24곡의 '겨울 나그네' 에는 아주 감동적인 순간이 있는가 하면, 냉소적이기도 하고, 때로는 멜랑콜리도, 공포도 있다. 그러나 '겨울 나그네' 의 귀결은 슈베르트가 평생 갈구한 봄의 그리움이다. 참으로 묘한 것은 '겨울 나그네' 시를 쓴 시인 뮐러는 이 곡이 완성되던 해에 33세로 요절했고, 슈베르트는 그 다음해에 31세로 세상을 떠났다. 그러고 보면 이 '겨울 나그네' 는 정녕 뮐러였고, 슈베르트 자신이었는지도 모른다.

# 도니제티

어둠 속에서 남모르게 말하는
아직 할 말이 남아 있다고 말하는


이제는 떠나지 말아달라고 그러는
마지막 애타는 목소리로 그러는 듯하는


그래서 더욱 진실로 다가오는
남 몰래 흐르는 눈물은

**Gaetano Donizetti**(이탈리아, 1797, 베르가모-1848, 베르가모)

70여 편에 달하는 오페라를 남긴 도니제티는 쉽게 동화될 수 있는 밝은 멜로디를 사용해 당대 최고의 인기를 구가한 작곡가이다. 그의 오페라 중에서 특히 '사랑의 묘약' 에 나오는 유명한 아리아 '남몰래 흐르는 눈물' 은 역사상 최고 테너들의 등장과 궤적을 같이 한다. 그의 오페라는 명가수를 많이 배출한 시대와, 청중이 그 아름다운 목소리에 도취되었던 시대를 함께 한다. 그 아리아는 달콤하고 유려한 선율과 맑은 색채가 있는 것이 특색이다. 이탈리아 창법의 명랑하고도 매혹적인 감미로운 멜로디와 빛나는 기교가 있다.

# 아당

푸르스름한 초저녁, 혹은

불그스레한 새벽녘에 날아다니는

이슬 맺힐 때 숲 속을 감도는

깃털처럼 가벼운, 너무 가벼워서 가볍지만 않은

마음속 깊숙이 눈물 맺히는

아침이면 없는 듯 사라지는

만지면 금세 부서질 것만 같은

그런 사랑은.

## Adolphe Adam(프랑스, 1803, 파리-1856, 파리)

발레 '지젤'을 보면 그 음악이 들려오고, 그 음악을 들으면 발레의 애절한 장면들이 연상된다. 음악과 발레가 이처럼 절실하게 만날 수 있었던 것은 발레 대본을 쓴 고티에의 절절했던 사랑과, 선율을 중시한 오페라 작곡가의 만남 때문이었다. 낭만파 시인인 고티에는 파리에 등단한 이탈리아 발레리나 카를로타 그리지를 처음 보았을 때 그 황홀한 아름다움에 그만 넋을 잃고 말았다. 그는 이 여인에게 어울리는 발레를 만들어야겠다고 생각하고 착상 3일 만에 '지젤' 대본을 완성했다. 고티에가 사랑한 그리지는 안무가 페로의 아내였는데, 이들 부부는 이 대본을 읽자마자 마음에 들어 아당에게 작곡을 의뢰했다. 이렇게 해서 '지젤'이라는 아름다운 발레음악이 탄생하게 되었다.

# 베를리오즈

사랑은 무모함인가.

꽃의 심장처럼

붉은 영혼을 품었으나

그대에게 남은 것은

분노의 5악장 '마녀의 론도'.


무모함 속에서도

끊임없이 사랑 노래를 부르는

그래도 베를리오즈는.

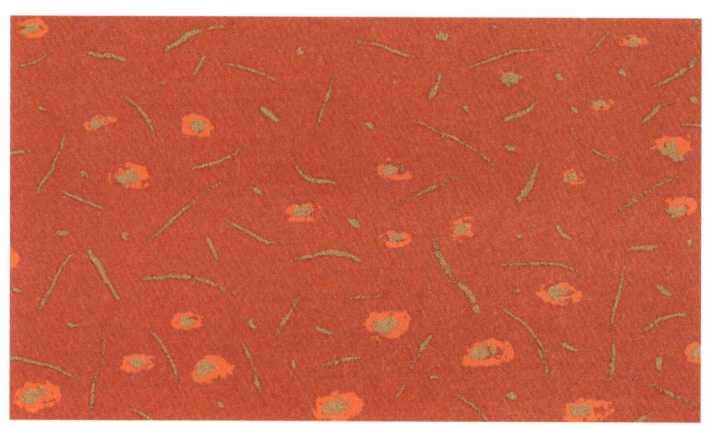

## Hector Berlioz(프랑스, 1803, 라 코트 상 탕틀레-1869, 파리)

베를리오즈는 학생시절 파리 오데온극장에서 '햄릿' 을 관람했다. 해리엣 스미드슨이 오필리아 역을 맡았다. 짝사랑이 시작됐다. 그러나 무명 음악도의 애타는 사랑은 인기 여배우에게 닿을 리가 없었다. 베를리오즈는 끝내 사랑의 감정이 배반과 증오로 바뀌는 고통을 겪게 된다. 그리고 그때 그에게 또 하나의 사건이 일어났다. 지휘자 아브네크가 파리에서 처음으로 베토벤 교향곡을 연주했는데, 베를리오즈는 이 음악을 듣고 "나는 베토벤이 떠난 그 자리에서 음악을 떠맡았다" 고 토로했다. 이처럼 해리엣 스미드슨에 대한 열정, 베토벤 교향곡에 대한 충격에서 베를리오즈는 '환상교향곡' 을 쓰게 되었다.

# 글린카

질주해라, 멈추지 말고 질주해라.
잠시도 쉬지 말고 칼춤을 추면서
칼의 노래, 불꽃의 노래로 질주해라.


그리운 친구들이여, 러시아의 신부여
러시아의 벌판에선 풀들이 막 일어선다.
오늘 달려가는 저 바람처럼.

**Mikhail Ivanovich Glinka**(러시아, 1804, 스몰렌스크-1857, 베를린)

글린카의 '루슬란과 루드밀러' 는 푸슈킨이 옛 민화를 소재로 쓴 서사시를 오페라로 작곡한 것이다. 고대 키에프 대공국시대, 스베르자르공의 딸 루드밀러가 악마에게 납치되어가자 세 명의 구혼자 가운데 딸을 구해오는 자에게 결혼을 허락하겠다고 하여 결국 루슬란이 그녀를 구해와 맺어진다는 이야기가 주축이다. 글린카는 이 오페라에서 토속에만 머무르지 않고 한층 다채로운 어법을 구사했다. 러시아 오페라의 갈 길을 제시한 기념비적 작품으로, 민속 춤과 민속 선율이 작품 속에 나타난다. 특히 이 오페라의 서곡은 전속력으로 질주하듯 프레스토 템포로 일관, 경쾌하고 화려한 곡상과 쉬지 않고 흐르는 선율을 자랑한다.

# 멘델스존

한 송이 꽃처럼
그리움이 그리워서
그리움을 피운
마음속 그리운 노래.

꽃잎이 시들기 전,
꽃잎이 떨어지기 전
감미롭고 절절히
바이올린의 긴 트릴로
두근거리는 3악장의 그리움.

못내 그리워
그리움으로 그리움을 피운
한 송이 꽃처럼.

## Felix Mendelssohn(독일, 1808, 함부르크–1847, 라이프치히)

일찍이 슈만이 "더할 수 없는 아름다움" 이라고 감탄한 멘델스존의 바이올린 협주곡은 그의 작품 중에서 가장 뛰어날 뿐만 아니라 독일 낭만주의가 낳은 가장 풍려한 곡이다. 낭만적인 정서가 균형 잡힌 아름다움은 멘델스존 작품의 공통된 특징이지만, 거기에 바이올린의 취급도 매력적이며 화려한 기교가 가득 넘치고 있다. 멘델스존이 가장 행복한 시기인 결혼 다음 해에 착상하여 6년에 걸쳐 완성한 작품이다. 이 곡은 특히 처음 현악기가 속삭이듯 나오다가 이를 타고 바로 독주 바이올린이 제1주제를 노래하기 시작하는데, 바로 이곳의 행복과 우수를 지닌 듯한 아름다운 선율이 누구에게나 잊혀지지 않는 주제이다.

멘델스존의 바이올린 협주곡 e단조, Op. 64

# 쇼팽

빗방울, 마음을 적시고
끝내 마음속에 머무는 빗소리.


비가 오지 않아도
마음속에 남아 있는 빗소리.


그대의 이별을 적시고
피아노의 마음을 적시는
쇼팽의 프렐류드는.

## Fryderyk Chopin(폴란드, 1810, 바르샤바-1849, 파리)

쇼팽을 이야기할 때 빼놓을 수 없는 한 여인이 있다. 조르주 상드이다. 쇼팽은 리스트의 소개로 상드를 만났다. 급기야 두 사람은 애정도피 겸 요양차 마요르카 섬으로 향했고, 쇼팽은 이곳에서 전부터 작곡해 왔던 '전주곡집'을 완성하게 된다. 이 두 사람에 대해서 영국 작가 아더 헤들리는 "사람들이 조르주 상드에 대해서 개인적으로 어떤 생각을 가지든 그녀가 쇼팽에게 준 행복과 영감에 대해서 우리는 늘 그녀에게 감사하지 않으면 안된다" 고 했다. 이 말은 상드의 애정과 보살핌으로 쇼팽의 천재성이 절정을 향하여 무르익을 수 있었음을 의미하며, 또 실제로도 쇼팽의 주요 작품은 상드와 함께 하던 시기에 쓰여졌다.

# 슈만

장미꽃을 보았네,

두근대는 장미꽃 속에서

그대를 처음으로 만났네, 클라라 비크.


화사한 장미꽃잎을

그대 일생에 뿌리는

에디트 마티스의 청초한 목소리.


사랑은 그대에게 처음으로 슬픔을,

꽃이 지는 슬픔을 주었다네.

## Robert Schumann(독일, 1810, 츠비카우–1856, 엔데니히)

슈만의 가곡은 노래에 반주가 따르는 것이 아니라 '노래와 피아노를 위한 곡' 이라는 생각을 갖고 작곡한 데서 종래의 가곡과는 차이가 있다. 피아노가 분위기 조성을 위해 있는 것이 아니라 시를 읊는 노래와 같이 미처 표현하지 못한 시의 진정한 의미를 채우기 위해 사용된 것이다. '여인의 사랑과 생애' 는 총 8곡으로 구성되어 있다. 첫눈에 마음 끌린 남성과 만난 설렘을 그린 제1곡 '그이를 만나고부터' 결혼·출산·남편과의 사별까지 여인의 인생이 고스란히 담겨 있다. 마지막 제8곡 '처음으로 고민을' 에서는 낭독풍의 애가로, 노래가 끝나면 남편 사별 후 회고의 정이 가슴을 울린다.

# 리스트

산 위에서

미명에 새벽을 본다.

사랑과 죽음,

뜨고 지는 것이 어찌 태양뿐이랴.


그대 영혼의 상처 속에

폭풍이 몰아칠 때 다시 산을 오른다,

산은 오르는 길마다

골짜기마다 깊이

인생을 품고 있어


일찍 깨어나야 새벽을 만나듯.

그리고 그대 살아가는 길에

끝내 거짓이 없음을.

**Franz Liszt**(헝가리, 1811, 라이딩-1886, 바이로이트)

리스트가 남긴 13편의 교향시는 어느 곡이나 다 단일 악장의 작품이다. 그는 교향시에서 표현 수단을 강화하여 한층 시적 관념을 가시적인 것으로 만들기 위해 대관현악을 사용했고, 풍부한 색채감의 큰 규모로 구성하기 위해 교향악적으로 만들었다. 그 중 가장 유명한 곡이 제3번 '전주곡' 이다. 이 곡은 라마르틴의 걸작인 '시적 명상록' 의 "우리 일생은 바로 죽음에의 전주곡이다" 로 시작되는 구절을 인용하고 있다. 전체적으로 자유로운 변주 형태를 띠는 곡은 사랑·폭풍·전원생활·전투 행진의 4개 부문으로 나눌 수 있다. 이 작품은 강렬한 색채적 표현과 문학적 향기가 풍기면서 위용 넘치는 큰 소리가 아름답다.

# 바그너

관능에 묻히는
베누스베르크 밤.


세상은 어둡지만
이윽고 두 손 모은 손끝마다
아침의 빛이 열릴 때
밤의 소리는 기도처럼
하늘로 오른다.


금빛 날개를 타고
금관의 소리 속에서
하나의 빛이 되는
엘리자베트여.

**Richard Wagner**(독일, 1813, 라이프치히–1883, 베네치아)

'탄호이저 서곡'은 바그너의 사생활을 마치 예언처럼 나타낸 곡이다. 젊은 시절에 작곡된 '탄호이저'의 스토리를 살펴보면, 그 주인공 탄호이저의 생애에서 훗날 바그너의 비윤리적이고 무절제한 생활을 발견할 수 있다. 이 서곡에서도 그렇듯이 바그너 음악은 아폴로적이라기보다는 디오니소스적이다. 남성적이고, 거칠고 힘차며, 마치 지옥의 음향과도 같은 느낌이다. 그러나 그의 음악이 끝내 추구하는 것은 아폴로적이다. 여성적이고, 아름다우며, 마치 천국을 찾아가는 것과도 같다. 이 말은 바그너 음악에는 천국과 지옥이 동시에 존재한다는 것이며, 디오니소스적과 아폴로적인 것이 함께 있다는 것이다.

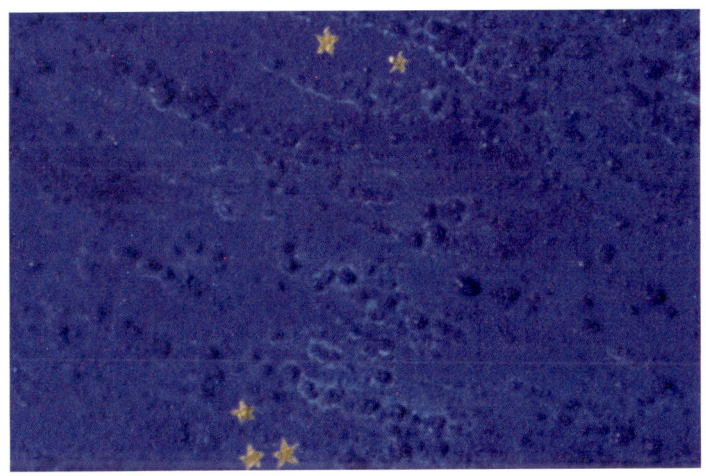

# 베르디

이기고 돌아오라는 진군의 나팔 소리,

들풀이며, 산길이며 바람 펄럭이며

사랑을 밟고 지나가는 점령군은 당당했다.

머리 위로 황금빛 햇빛은 색종이처럼 쏟아지고,

끝없는 환호 속 나팔 소리는 계속되는데

마지막 승자는 돌아와 '아이다' 를 부른다.


살고자 해서 그대는 죽었으며,

사랑하였으므로 죽음도 이겼노라.

**Giuseppe Verdi**(이탈리아, 1813, 파르마~1901, 밀라노)

'아이다'는 베르디가 58세 때 작곡한 걸작으로 그 이전 작품들의 총결산이라고도 할 수 있다. 이탈리아의 성악적 선율미와 프랑스의 그랜드 오페라적 기법이 잘 조화되어 이국적인 정경과 생생한 인물 묘사가 관현악적 색채의 풍성함과 잘 어우러지고 있다. 이 오페라는 베르디가 직접 아이디어를 냈다는 마지막 장면의 2중 무대도 인상적이다. 상단에는 신전이 있고, 하단에는 어둠 속에 무덤이 보인다. 하단에서는 라다메스와 아이다가 아름다운 선율 속에 포옹을 하며 세상에 이별을 고하고, 상단에서는 현악기의 트레몰로의 크레셴도와 긴 테누토의 감동적인 울림 가운데 상복으로 몸을 감싼 암네레스가 라다메스의 명복을 빌고 사제들이 합창하면서 막이 내린다.

# 주폐

새벽은 적막 속에서 서서히
그러나 장중하게 다가온다.
숲에서는 새들의 힘찬 날갯짓,
들판에서는 생명 있는 모든 것들이
신나게 기지개를 켠다,

이제 뛰어나갈까.
이윽고 빛의 행진곡 소리에
밤은 아침으로 깨어난다.

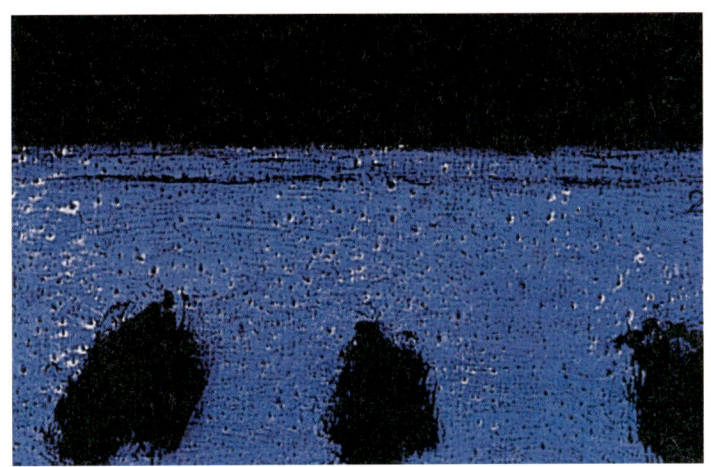

**Franz von Suppe**(오스트리아, 1819, 소팔라토−1895, 빈)

주페의 오페레타와 극음악 중 '스페이드 여왕' '아름다운 갈라테아' '파티니치아' '복카치오' 정도가
오늘날까지 공연된다. 그 가장 큰 이유는 희곡 부수음악이나 오페레타 대본은 당대의 시사성·사회풍
자·유행이 주요소이기 때문에 세월과 함께 가치를 잃은 것이다. 그렇지만 서곡만은 단독으로 연주돼
오늘날까지도 인기를 이어오고 있다. 이는 '시인과 농부' 서곡을 들어도 알 수 있듯이 주페가 작품에
서 이탈리아 풍의 중후한 관현악법을 써 음악적으로 살아남았음을 알 수 있다. '시인과 농부' 서곡은
첼로가 연주하는 느리고 장중한 가락으로 시작되고, 빨라지면서 폭풍우가 한바탕 일듯 지나가고 전
원의 아침을 나타내는가 하면 분위기가 바뀌어 행진곡이 되고, 왈츠가 전개되다가 다시 행진곡으로
된 뒤 처음 선율로 끝난다.

# 비외탕

꽃밭에서 서성대는 바람이네.

하프의 아르페지오가 바람결 따라

온갖 보석을 뿌려놓듯이 지나가고,

독주 바이올린의 갈채 속에

고갯짓하며 어깨춤 추는

온통 분홍빛 꽃들.


바람이 분홍빛 꽃 속으로

춤추며 들어가네.

분홍빛 꽃이 되네.

# Henry Vieuxtemps(벨기에, 1820, 페르비에르-1881, 알제리의 무스타파)

비외탕의 바이올린 협주곡은 모두 7개가 있다. 그 중 장조 조성 협주곡이 3곡(1번·3번·6번)이고, 단조 조성이 4곡(2번·4번·5번·7번)이며, 제4번 d단조와 제5번 a단조가 자주 연주된다. 협주곡 제4번은 하프가 편성되어 있는 특이한 작품으로 카덴차를 포함해 당시로서는 파격적으로 4악장제를 도입했으며, 마치 보석이 빛나는 듯한 제3악장 스케르초에서 독주자의 기교를 마음껏 펼치게 했다. 제5번은 '그레트리' 라는 부제가 붙어 있다. 중간에 벨기에 작곡가 앙드레 그레트리의 오페라 '뤼실' 의 선율을 사용했기 때문이며, 단악장으로 되어 있다. 비에니아프스키가 가장 아꼈던 곡으로 더욱 유명해진 작품이다.

# 프랑크

먼 그곳으로부터
바람 부는 것도 신의 섭리다.
사시사철 꽃들이 피고
다시 지는 것도 신의 섭리다.

세상 속에서 우리가 사는 것,
세상이 절반쯤 어두워지면서
수평선 너머에서 황혼이 저물어도
아침을 잊어버리지 않듯이.

신의 이름으로 장엄히 끝나는
당신의 d단조 교향곡은.

## César Franck(벨기에→프랑스, 1822, 리에지-1890, 파리)

프랑크의 명성을 유지하는 작품은 모두 그의 만년에 작곡된 것이다. 최초의 원숙한 작품이 나온 것이 57세, 68세가 돼서야 인정받는 작곡가가 되었다. 프랑크의 최후의 관현악곡으로 유명한 교향곡 d 단조도 64세인 1886년에 착수하여 2년 후에 완성했다. 프랑크는 이 교향곡에서 악상을 낭만적 정열로 표현했으며, 종교적 감동이나 철학적 사색을 표현하려 했다. 그래서 프랑크는 음악으로 신을 믿고, 음악으로 사색하는 사람이라고 불리기도 한다. 이 교향곡은 전체적으로 기품과 조용한 정열이 있으며, 종교적이고도 사색적이다.

# 랄로

스페인 민요풍 리듬에

꽃들은 화려하고 유쾌하게


건듯 부는 대서양 바람에

흐드러지듯 가볍게


온통 붉은 색 포도주에

취한 듯 아주 즐겁게

## Edouard Lalo<sub></sub>(프랑스, 1823, 릴-1892, 파리)

랄로의 출세작이라고도 할 수 있는 '스페인 교향곡' 은 그의 '바이올린과 관현악을 위한 협주곡' 4곡 가운데 두 번째 작품이다. 첫째 곡이 '바이올린 협주곡 제1번' 이고, 둘째 곡이 '스페인 교향곡' 이며, 셋째 곡이 '노르웨이 환상곡' , 넷째 곡이 '러시아 협주곡' 으로 세 작품에 이색적인 표제가 붙었지만 모두 바이올린 협주곡으로 볼 수 있다. '스페인 교향곡' 은 리듬 · 선율과 이것들이 그려내는 스페인풍의 정서에 의해 이와 같은 표제가 붙었다. 이 곡을 들은 차이코프스키는 "지극히 유쾌하고 신선한 곡이다" 고 했으며, 이 말대로 곡은 독주 바이올린이 다채로운 효과를 자아내는 관현악 가운데 유쾌하고 기교적으로 되어 있다.

# 스메타나

어느 바위 틈에서부터

그리하여 도도히 흘러
오랜 역사의 굴곡처럼
물살이 굽이칠 때마다
마음이 맺히고 아려도

산허리 돌고돌아 도시를 지나
그대들의 비셰흐라트에 이르러
슬픔을 강심에 묻고
다시 유유히 흘러가는 몰다우

프라하의 봄.

**Berdřich Smetana**(체코, 1824, 리토미실-1884, 프라하)

1848년의 프랑스 2월 혁명은 유럽에서 강대국 지배를 받는 나라들의 국민을 자극했고, 프라하에서도 학생과 노동자들이 구심점이 되어 오스트리아 정부군에 맞섰다. 이 투쟁에 젊은 음악가 스메타나도 참가했다. 오스트리아의 무자비한 탄압을 지켜본 스메타나는 자신이 체코인임을 절실히 느끼고 체코 음악을 근대화시키는데 앞장섰다. 스메타나는 만년에 불행한 가정사와 귓병으로 괴로움을 당했다. 소리가 제대로 들리지 않은 상태에서 작곡하기 시작한 것이 6개의 곡으로 구성된 교향시 '나의 조국' 이다. '나의 조국' 의 첫 곡 '비셰흐라트' 와 둘째 곡 '몰다우 강' (체코어로 블타바 강)은 귀가 먹기 시작하는 1874년에 완성했으나 전곡이 완성된 것은 완전 귀머거리가 된 뒤인 1879년이다.

# 브루크너

풀잎이 옆의 풀잎을 흔들고
나뭇잎이 나뭇잎 여럿을 흔들고
숲 전체를 흔들면서 속삭이네.
무릇 폭풍 뒤에는 적막이 오는 것.

적막이 지나면 다시 바람 불고
풀잎 하나가 옆의 풀잎을 흔들 때
나뭇가지 사이 햇빛에 반짝이는
멀고도 가까운 종탑의 십자가는

지나가는 바람의 비애처럼.
그대 거룩한 삶처럼.

## Anton Bruckner(오스트리아, 1824, 안스펠덴-1896, 빈)

브루크너는 작곡을 상당히 늦게 시작해 40세가 돼서야 제대로 형식을 갖춘 '미사곡 d단조' 를 발표했으며, 교향곡 제1번은 42세 때 완성했다. 그의 음악은 종교적이면서 세속적이고, 극적이면서도 서정적, 전쟁 같은 요소와 비극적인 요소, 무곡인 렌틀러적이면서도 거룩한 성가를 모두 포함하고 있다. 브루크너는 교향곡 제3번까지 거듭 실패한 뒤 4번에서 비로소 성공을 거둔다. 그래서인지 교향곡 제4번의 주제는 희망의 이미지인 희부연한 새벽, '잠을 깨우는 소리' 로 시작된다. '로맨틱' 이라고도 불리는 이 교향곡은, 숲에서 맛볼 수 있는 순수하면서도 신비스러운 감정을 표현한 것으로 낙천적인 자연관을 담은 작품이다.

# 요한 슈트라우스 (2세)


저절로 나오는 노래다.

음표처럼 선율 따라 흩날리는 색종이들.

여러 색깔의 바람으로

귓가를 간지럽히는 속삭임.


지금 어디쯤에서 봄이 오고 있을까.

이곳엔 벌써 하얀 동백꽃이 펴

화사하기 그지없는데

여러 꽃들의, 한바탕 춤이다.

**Johan Strauss**(오스트리아, 1825, 빈–1899, 빈)

요한 슈트라우스 2세의 왈츠는 시대성과 오락성을 지니고 있으면서도 감상음악으로서의 예술성이 있어 상반된 요소를 잘 조화하고 있다. 그래서 그의 왈츠는 무도회장이 아닌 연주회장에서 계속 연주되고 있다. 대표작의 하나인 '봄의 소리' 왈츠는 다른 작품들과는 달리 형식이나 내용에서 다소 이색적인 요소가 있다. 그의 왈츠가 대체로 바이올린에 적합한 음악인데, 이 '봄의 소리' 는 피아노에 적합한 왈츠라 할 수 있다. 이 곡은 피아노 악보로 출판된 뒤 당시 빈 음악계를 매료시켰던 피아니스트 알프레드 그륀펠드에게 헌정되었다. 58세에 작곡한 작품이라고 믿어지지 않을 정도로 젊음이 넘치고 행복감이 충만한 작품이다.

# 브람스

자유롭지만 쓸쓸히

나무는 잎을 다 털어내고

멀리 하얀 풍경으로 서 있다.

바람도 쓸쓸히 뒷모습으로 떠나고

외로움으로 가슴을 파고드는,

그래서 아픔으로 남은 그리움.


계절은 한층 더 깊어 가는데

클라리넷을 타고 흐르는

헝가리 풍의 향수,

눈물 한 줄기.

## Johannes Brahms(독일, 1833, 함부르크-1897, 빈)

브람스가 슈만의 아내인 클라라를 만난 것은 스무 살 무렵이었다. 그는 클라라를 향해 "나의 삶의 가장 아름다운 체험이요, 가장 위대한 자산이며, 가장 고귀한 내용" 이라고 하면서 절망적인 사랑을 했다. 이런 분위기는 그의 작품에서 말년의 절정이라고 부를 수 있는 'b단조 클라리넷 퀸텟' 에서도 예외 없이 나타나고 있다. 여기서 그가 클라리넷의 소리를 통해서 불멸성을 부여한 것은 향수에 젖은 세계이다. 이 작품 곳곳에는 비탄에 젖은 브람스의 내면 세계가 드러나고 있다. 실제로 그는 이 곡을 쓸 무렵 클라라와의 관계가 잠시 소원해진 것에 비애를 느꼈었고, 60대에 접어들어 죽음에 대한 예감에 유언장을 작성하기도 했었다.

# 보로딘

그대 고향엔 지금 꽃이 피고 있는가.

지평선 너머에서 들려오는 러시아의 느릿한 노래 한 소절.

바람은 갑자기 몰려드는 말발굽 소리처럼 쉬익쉬익 지나가고

아스라히 동녘에서 묻어온 초원의 비릿한 냄새.


비릿한 바람이 저녁놀 속으로 멀어져 갈 때

눈을 감고 있어도, 노래를 불러도

잉글리시 호른 소리 가슴을 후벼

애잔해지는 마음.

**Alexander Porfiryevich Borodin**(러시아, 1833, 페테르부르크~1887, 페테르부르크)

보로딘이 관현악을 위해서 쓴 작품은 3곡의 교향곡과 1곡의 스케르초, 그리고 교향시 '중앙 아시아 의 초원에서' 뿐이다. '중앙 아시아의 초원에서' 는 그의 대표작이라고 할 수는 없으나 넓은 초원의 풍경을 한눈에 보는 듯 색채가 강한 음악이다. 곡은 바이올린의 솔로로 시작되어 플루트와 오보에에 이끌려서 클라리넷이 느릿한 러시아의 노래를 부른다. 첼로와 비올라가 받아 피치카토로 말발굽 소 리를 내고 잉글리시 호른이 동양풍의 노래를 연주한다. 이어서 말발굽을 상징하는 소리가 높아지다 가 마침내 전합주로 당당하게 행진곡이 한동안 울리다가 마지막에 플루트가 러시아의 노래를 연주 하면서 끝난다.

# 비에니아프스키

약간은 우울하게

북구의 숲을 지나가는 바람처럼

안개 같은 물기를 머금은

그 애잔함으로

이사벨라, 그대를 사랑하였네.


이제는 흘러가버린 세월 속에서

이따금 옛 사랑을 생각하듯

다시 듣는 2악장,

바이올린으로 켜는 로망스.

## Henryk Wieniawski(폴란드, 1835, 르브링-1880, 모스크바)

비에니아프스키의 작품 중에서 최고 걸작은 아무래도 '바이올린 협주곡 제2번 d단조' 일 것이다. 사
라사테에게 헌정된 이 곡은 비에니아프스키가 1872년 상트페테르부르크에서 초연했을 때 러시아 5
인조 중 한 사람인 큐이가 "곡을 들은 지 이틀이 지났어도 나는 아직도 1악장에서 받은 충격에서 벗
어나지 못하고 있네" 라고 발라키레프에게 편지를 보냈을 정도로 매혹적이다. 민속적 색채의 표현과
자신만의 독특한 주법, 이에 못지않게 심금을 울리는 선율미가 두드러지고 있으며, 특히 선율적 아
름다움이 넘치는 2악장은 '비에니아프스키의 로망스' 라 불리며 따로 떼어 연주되기도 한다.

# 생상스

일상이듯, 강과 산이 만나고

멀리 바다와 하늘이 만난다.

아침이면 그 끄트머리 하늘이 달려오고

팡파르처럼 빛이 마구 쏟아진다.

벌써 한낮인가, 따뜻하다.


어릴 적 듣던 오르간 소리는

언제나 따뜻했다.

저물녘 아이들이 집으로 돌아갈 때

새들도 제 둥지로 찾아들고

어둠 속 사방 등불이 켜져

오렌지 빛으로 따뜻하다.

## Charles Camille Saint-Saëns(프랑스, 1835, 파리-1921, 알제이)

생상스는 어려서부터 건반악기 연주자로 널리 알려졌으나 작곡에서도 다양한 장르에 걸쳐 많은 작품을 남겼으며, 그 중 제3번 교향곡 '오르간' 으로 더욱 유명하다. 그는 최소한 5곡 이상의 교향곡을 썼지만 오늘날 남겨진 것은 번호가 붙은 3곡뿐이다. 그 가운데 제3번 교향곡은 프랑스 교향곡 역사에 한 페이지를 장식하는 중요한 작품이다. 이 작품은 초연된 후에 죽은 리스트를 추모하여 '프란츠 리스트의 회상을 위하여' 라는 헌사를 붙여 출판했다. 이것으로 보아 생상스가 이 교향곡을 리스트를 의식해서 작곡한 것은 아니라 해도, 적어도 리스트의 추도에 상응할 만한 작품이라고 생각했던 것 같다.

# 브루흐

어둡고 칙칙한 겨울 어느 날

눈이 올 것 같기도 한 어스름 저녁,

멀리 교회에서 바람결 타고 오는 성가처럼

낮은 곳으로 흘러가는 첼로 선율.


속죄의 밤을 밝히는 달빛 한 줄기가

죄 지은 마음을 품는다.

## Max Bruch(독일, 1838, 쾰른-1920, 베를린)

결혼할 무렵 브루흐는 그의 최고의 걸작이라 할 첼로와 관현악을 위한 '콜 니드라이(Kol Nidrei)' 를 작곡한다. 이 곡은 옛 헤브라이의 '콜 니드레' 의 선율을 변주곡 형식으로 꾸민 판타지이다. 오리지 널 선율은, 유대교에서 속죄의 날 저녁에 교회마다 부르는 특별한 성가였다. '콜 니드라이' 는 '신의 날' 을 의미하며 극히 신성한 노래로 여겨지고 있다. 이 곡은 브루흐가 투체크와 결혼하기 전년도쯤에 작 곡되었으니 그가 가장 행복했던 시절에 태어났다고 볼 수 있다. 그래서 이 곡은 경건한 종교적인 내 용을 다루면서도 낭만적 정서가 짙게 나타나고 있다. 종교적인 정열이 넘치고, 유대의 민족적인 슬픈 선율이 매우 강렬한 인상을 준다.

# 비제

정말 잠시였었네.

그대와의 만남은

문뜩 떨림으로 와서,

그리고 언제부터인가

눈은 그칠 줄 모르고 내렸네.


어느새 눈 속에 파묻힌 마을,

그만 갈 길을 잃고 머뭇거렸네.


눈송이처럼 헤맸어도

사랑은 만남 속에서

아름다웠다네.

**Georges Bizet** (프랑스, 1838, 파리–1875, 브지발)

모음곡 '아를르의 여인' 은 오페라 '카르멘' 과 함께 대중적인 명곡으로, 비제의 대표작이다. 이 작품은 '카르멘' 이 완성되기 2년 전인 1872년에 작곡된 것으로, 알퐁스 도데의 3막짜리 희곡에 곡을 붙인 부수음악 27곡 가운데서 연주회용으로 꾸민 모음곡이다. 비제가 4곡을 뽑아 제1모음곡을 만들었고, 그 뒤 친구 기로가 '아를르의 여인' 부수음악 가운데서 3곡, 그리고 '아름다운 페르트의 아가씨'에서 1곡을 뽑아 역시 4곡으로 제2모음곡으로 꾸몄다. 알퐁스 도데의 이 희곡은 프랑스 프로방스 지방의 아를르 근교 마을에서 벌어지는 청년 프레데리와 아를르 여인의 비련을 주제로 다뤘다.

# 무소르그스키

난쟁이들이 작은 걸음으로 종종댄다.

공원에서 아이들이 병아리처럼 종종댄다.

저잣거리에서는 아낙네들이 왁자지껄하고,

한낮 꿈속에서 빗자루를 타고 날아가는 비바 야가.


마침내 열리는 키에프의 대문으로부터

황금 쿠폴라의 종소리 들린다.

누군가 힘차게 내려치는

그 피아노 소리.

**Modest Petrowitsch Mussorgski**(러시아, 1839, 카레보~1881, 페테르부르크)

사실주의를 지향한 무소르그스키의 오페라 '보리스 고두노프' 는 그의 음악적 특징이 집약된 최고 걸작이다. 그의 또 하나의 걸작은 피아노 모음곡 '전람회의 그림' 이다. 평소 가까이 지내던 급진적인 화가 빅토르 하르트만이 31세에 요절하자 이듬해 그 유작전이 페테르부르크에서 열렸는데, 이를 본 무소르그스키가 전람회에서 받은 감명을 음악으로 만든 것이다. 눈으로 보는 그림을 귀로 생생하게 느낄 수 있도록 작곡한 특이한 작품이다. 피아노곡인 '전람회의 그림' 은 강렬한 표현력을 지닌 데다 가 구성이 탄탄해 훗날 많은 작곡가들이 관현악곡으로 편곡했다. 오늘날에는 거의 라벨의 편곡만 연 주되고 있다.

# 차이코프스키

바람인가,
눈송이들의 아우성인가.
폭풍처럼 몰아치며
피아노 건반을 두들기는.

눈 속에 파묻힌
러시아 숲은 아득히 이어지는데,
문뜩 빛나다가 사라지는
눈꽃 몇 송이.

그만 속절없이
눈물 흐르네.

**Pyotr Il'yich Tchaikovsky**(러시아, 1840, 캄스코보트킨스크–1893, 페테르부르크)

차이코프스키에게서 피아노 협주곡 제1번은 개성이 강하게 나타나는 과도기적 작품으로 분류된다. '백조의 호수'와 '바이올린 협주곡'이 그랬듯이, 이 작품도 초연에 혹평을 받아 깊은 상처를 주었다. 차이코프스키는 이에 굴하지 않고 당대의 명 피아니스트 한스 폰 뷜로에게 보여 그가 1875년 10월 25일 미국 보스턴에서 연주하여 차이코프스키를 일약 세계무대로 도약하게 했다. 이 곡은 1악장 긴 도입부가 호른 연주로 시작되다가 첫머리를 장식하는 그 유명한 피아노 독주의 두터운 화음이 펼쳐 진다. 2악장은 화려하고 장대한 1악장과 대조를 이루며, 3악장은 러시아적 색깔을 짙게 풍기면서 서 정성과 테크닉을 교묘하게 융화하고 있다.

# 드보르작

아마도 강이 흐르고, 언덕 위에는 풀피리 부는 아이들이 뛰놀겠지.

굴뚝 긴 증기기관차는 멀리 숲을 가르고, 그 숲 위로 비둘기 날고

집 떠나 있는 사람에게는 해질녘 불빛 하나도 그리운 것이지.

약간은 울적하게, 참을 수 없는 눈물로 스며드는 2악장,

그때의 잉글리시 호른 소리처럼 조금은 쓸쓸한 마음이지.

**Antonin Dvořák**(체코, 1841, 넬라호제베스-1904, 프라하)

드보르작은 교향곡 '신세계로부터' 를 인디언의 민요나 흑인 영가가 연상되는 '아메리카적 어법' 으로 작곡했다. 이 어법은 이 교향곡 제2악장의 유명한 주제선율에서 나타나는데, 이는 미국적인 것만으로 이루어진 것이 아니라 보헤미아의 향수도 들어 있는 것이다. 이 제2악장은 관악기의 장중한 화성이 세 번 반복된 뒤 현이 여리게 연주하는 서주에 이어 잉글리시 호른이 약하게 향수를 머금은 듯한 아름다움에 가득 찬 정취의 주제를 노래한다. 현이 화음적인 반주로 따르는 선율, 울적하게 가슴에 다가오는 이 선율로 교향곡 '신세계로부터' 는 세계인들로부터 무한한 사랑을 받는다.

# 마스네

한낮의 열정을 가두고
저 별에 머물고 싶다.

사막 건너는 순례의 길은
별빛 따라 길게 흐르고,
별 떨어지는 소리는
밤이 깊을수록 황홀하여
스치는 바람에도 정든 마음
잠 못 이루고 뒤척이는데,

아침이 올 때 멀어지면서
먼 곳으로 떠나는 별빛에서
사라지는 것의 아름다움을
생각하고 생각한다.

## Jules-Emile-Frederic Massenet(프랑스, 1842, 몽토~1912, 파리)

아나톨 프랑스의 소설 〈타이스〉에 감명받은 마스네는 1894년 오페라 '타이스' 를 완성했다. 스토리는 원작을 거의 그대로 살렸는데, 오페라에서는 파프뉴스 수도사가 아타나엘이라는 이름으로 나온다. 이 오페라에는 2막 1장과 2장 사이에 '명상곡' 으로 유명한 간주곡이 나와 막간에 연주한다. 타락한 생활에서 성스러운 세계로 들어서려는 타이스의 심적 변화를 나타내는 아름다운 곡이다. 오페라에서 이 곡은 타이스의 테마처럼 나타난다. 이 '명상곡' 은 관현악곡이지만 선율이 너무나 서정적이어서 바이올린 독주곡으로 편곡되어 사랑받고 있다.

# 그리그

아주 가까이 있는 아픔 같기도 하고
멀리 있는 슬픔 같기도 한 기다림.
가슴 애틋이 젖어드는 먼 옛날의 기다림.

멀리 세월을 돌아와 지금도 하염없는 솔베이그,
순종과 용서의 영원한 모성이여.

**Edvard Grieg**(노르웨이, 1843, 베르겐–1907, 베르겐)

1874년 그리그는 입센으로부터 희곡 〈페르 귄트〉의 부수음악 작곡을 의뢰받는다. 문학과 음악의 세계적 두 인물이 만든 걸작은 이렇게 해서 탄생된다. 방탕아 페르 귄트를 순종과 용서로 구원하는 여인 솔베이그. 그리그는 이 극이 공연된 후 각각 4곡씩 뽑아 2개의 모음곡을 만들어 지금은 이 모음곡이 더 유명하다. 제1모음곡 '아침 기분' 에서 날이 밝는 장면을 자연의 극치로 표현했고, '오제의 죽음' 에 등장하는 독특한 화성 전환, 그리고 제2모음곡의 '솔베이그의 노래' 는 노르웨이의 이미지가 강렬하게 풍기는 음악으로 그리그 예술을 일컫는 대명사가 되기도 한다.

# 사라사테

계절은 어둠 속에 묻혀 가는데
바람은 더욱 세차게 불어오네.
나뭇잎이 우수수 떨어지고
집 잃은 사람의 마음에는
낙엽만 쌓여 속절없네.

그때 어디선가 바람결에 묻어와
슬픔으로 슬픔을 위로하는
가녀린 바이올린 소리,
여윈 가슴을 쥐어뜯는
애끓는 피치카토여.

## Pablo de Sarasate<sub></sub>(스페인, 1844, 팜플로나~1908, 비아르리츠)

"사라사테의 스트라디바리우스에서 울려 나오는 첫 음을 듣는 순간 톤의 아름다움과 크리스탈의 선을 연상시키는 그 순수함에 놀라지 않을 수 없었다." 사라사테가 러시아에 머물 때 바이올리니스트 아우어가 남긴 기록이다. 사라사테는 작곡에서도 뛰어난 기교를 필요로 하는 작품들을 남겼다. 특히, 그 중에서 '치고이네르바이젠' 은 애조 띤 선율과 난기교의 현란한 인상으로 누구나 한 소절 정도는 읊을 만큼 친숙하다. 이 작품은 집시들 사이에서 전해 오는 선율을 소재로 하여, 그들의 애수와 낭만이 풍부한 감성으로 깃들어 있으면서 솟구치는 듯한 정열이 자유분방하면서도 강렬하게 뿜어져 나온다.

# 림스키–코르사코프

파도는 목관 소리로 와서 산산이 흩어지는데
물보라로 퍼져가는 달콤한 바이올린 소리 있네.
바람에 실린 플루트는 신밧드 모험을 들려주고
바다는 밤새 애달픈 사랑이야기를 속삭이는데.

어느 여인의 호사스러운 방
아라비아 옛 문양처럼.

**Nikolay Andreyevich Rimski-Korsakov**(러시아, 1844, 티하빈~1908, 페테르부르크)

림스키-코르사코프는 러시아 5인조의 막내로서, 발라키레프로부터 지도받아 글린카에게서 시작된 러시아 국민주의 음악을 계승·발전시켰다. 그의 관현악은 색채적인 동시에 생생한 판타지가 있으며, 근대음악 오케스트레이션에 큰 영향을 끼쳤다. 그의 작품 가운데서 가장 사랑받는 '세헤라자드' 는 〈아라비안 나이트〉를 음악화한 것이다. 1악장 '바다와 신밧드의 배' , 2악장 '키란다르 왕자 이야기' , 3악장 '젊은 왕자와 공주' , 4악장 '바그다드의 축제·바다·청동 기사의 어느 바다에서의 난파·종곡' 이 그것인데, 3악장이 가장 인기 있는 곡으로 동심의 세계처럼 펼쳐지는 젊은 왕자와 공주의 주제가 즐겁다.

# 포레

흐르는 물,
꽃잎이 떨어져 흐른다.

물결의 흐름 따라
낮은 목소리로 속삭이듯
흘러가는 꽃잎.

물결의 찰랑거림은
지나치게 무겁지도 않고
너무 슬프지도 않은
안식의 자장가,
내 슬픈 마음속
천사들이 부르는.

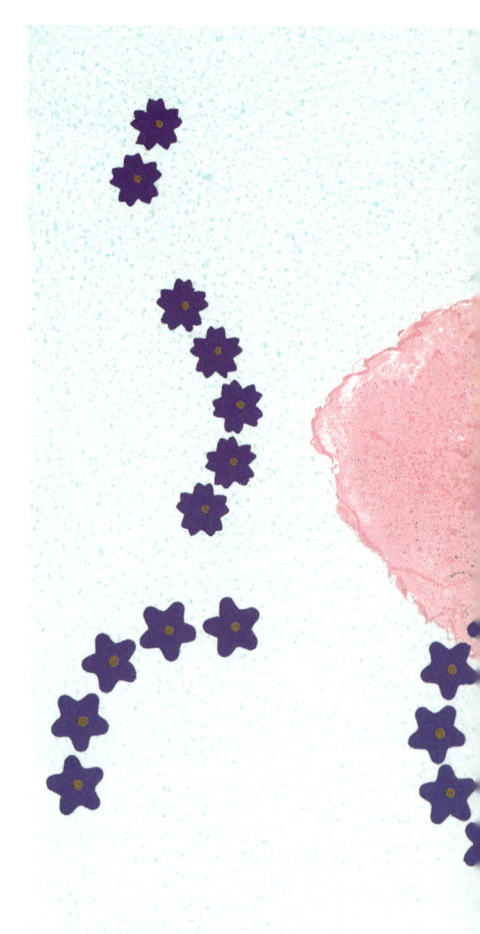

## Gabriel Fauré(프랑스, 1845, 파미에–1924, 파리)

포레의 '레퀴엠'은 구조적인 면에서 면밀하게 쓰였다. 1악장·입제문, 2악장·봉헌, 5악장·하나님의 어린 양, 6악장·나를 구하소서는 예식적이며 비극적 성격을 띠고 있으며, 3악장·거룩과 4악장·자비로우신 예수는 서정적이며 황홀함을 담은 자유스러운 악장이다. 그리고 7악장·낙원에서는 천사의 손길처럼 등장하는 하프를 통해 자유스러운 서정을 강조한다. 포레는 이처럼 마지막 악장에서 최후의 심판 장면을 배제하여 이교도적이라는 비판을 받았다. 이에 포레는 이렇게 말했다. "나의 레퀴엠이 죽음에 대한 두려움을 표현하지 않았다고, 그래서 이 작품을 죽음의 자장가라고 말한다. 그러나 그것이 바로 죽음에 대한 나의 생각이다."

포레의 《레퀴엠》, Op. 48

# 댕디

세상 소리 잊고 싶을 때
산을 오른다.
바람은 산길을 내주고
물은 골짜기를 만들어
골짜기 물에 눈 닦고 귀 씻을 때

새들은 새들끼리,
풀잎은 그리운 마음을 안고
나뭇잎은 나뭇잎들을 부르네.
잉글리시 호른으로
피아노로
현의 트레몰로로.

산도 삶이 있는 듯
깊을수록 적막강산,
평화로운데.

## Vincent D'Indy <sub></sub>(프랑스, 1851, 파리-1931, 파리)

댕디는 평소 산을 너무 좋아해 대표작 '프랑스 산 사람의 노래에 의한 교향곡' 을 비롯해 '산의 여름날' '산의 시' 라는 피아노곡을 썼다. '프랑스 산 사람의 노래에 의한 교향곡' 은 댕디의 첫번째 교향곡으로서 피아노와 관현악을 위해 작곡되었기 때문에 콘체르토처럼 피아노가 큰 역할을 한다. 다만 이 교향곡이 협주곡과 다른 점은, 피아노가 독주로서의 성격을 과시하지 않고 관현악과 유기적으로 결합되어 있다는 것이다. 이 교향곡은 주요한 주제가 된 프랑스 산 사람의 노래들, 즉 민요를 채보한 지방의 이름에서 '세벤느 교향곡' 으로도 불린다.

# 야나체크

그 많은 세월이 흘렀어도
처음 피어난 꽃에 머뭇대는 마음은
왜 이토록 설레는지, 카밀라 스테슬로바.

그대의 3악장 떨리는 바이올린 소리는
그리움을 실어 그리움 깊은 곳으로 내려앉아
지금 그곳엔 꽃잎이 하염없이 떨어져
그리움 속으로 떨어지는
그리움만 쌓이는데.

야나체크의 〈비밀 편지〉

**Leoš Janáček**(체코, 1854, 후크바르디-1928, 오스트라바)

야나체크의 현악 4중주 두 곡 가운데 두 번째 작품에는 작곡자 자신의 비밀스런 연애사건이 숨어 있다. 그는 이 곡의 표제를 '러브 레터' 라 붙일 생각이었으나 마음속을 보이는 것이 싫어서 '비밀 편지' 라 했다고 고백했다. 야나체크는 피아노레슨 제자와 결혼했으나 성격 차이로 끝내 행복하지 못했다. 그러다가 중년이 넘어 카밀라 스테슬로바를 후원자로 만나 사랑하게 된다. 38세나 연하이면서 고미술품 수집가의 아내인 그녀에게 무려 700통의 러브 레터를 보낼 정도로 뜨겁게 사랑했고, 그것이 야나체크의 음악에도 영향을 끼쳐 말년 10여 년간 창작열을 불태워 많은 걸작들이 탄생했다.

# 소송

잎이었다가 꽃이었다가
어느 순간 낙엽이듯이
낙엽이었다가 다시 꽃인 듯이

달빛을 가득 안은 밤.
그대를 향한 사랑은
한시도 식을 줄 모르네.
어느 순간 그대를 향했다가
다시 돌아서듯이

끝내 바이올린 선율은
아름다워 슬픈데.

## Ernest Chausson(프랑스, 1855, 파리-1899, 리메)

쇼송은 투르게네프의 〈Le chant de l' Amour Triomphant〉(사랑의 승리)라는 소설을 읽고 '시곡' (Poeme, 1896년)을 작곡한 것으로 알려져 있다. 쇼송은 이 곡이 어떤 이야기에서 영감을 받아 작곡했다고만 밝혔으나 '시곡' 의 악보 한구석에 'Le chant de l' Amour Triomphant' 라는 글을 남겨두어 그런 연상을 하게 만들고 있다. '시곡' 은 쇼송의 개성을 가장 잘 나타낸 작품으로, 관현악 도입부는 이 곡의 두 가지 주제를 암시하듯 전개된다. 그것은 마지막의 트레몰로 반주를 배경으로 매혹적이면서도 기품 있는 바이올린 선율에서도 나타나는데, 놀라울 정도로 독창적인 이 부분은 희망과 절망, 우울과 행복이라는 극단적인 감정에 빠져들게 한다.

# 엘가

티임 강변의 갈대밭,
나는 여기 누워서
세상에서 가장 아름다운 강을
생각하고 또 생각한다.
아름다운 그대들을,
그리고 전쟁에 휩쓸린 갈대밭을.

지나가는 바람처럼
그리움을 간직한
첼로의 아다지오 선율은
낙조의 황홀을 품고
슬픔으로 다가오는데.

엘가의 첼로 협주곡 e단조

**Edward Elgar**(영국, 1857, 우스터~1934, 우스터)

엘가의 최후의 대작은 첼로 협주곡이다. 이 작품은 제1악장에서 첼로 솔로가 느리게 장중한 서창을 연주하여 기품 있는 분위기를 띠고하며, 2악장은 스케르초풍의 경쾌한 곡으로 독주 첼로의 섬세한 기교가 돋보인다. 3악장은 로맨틱하고도 아름다운 가요풍으로, 독주 첼로가 정감이 깃든 우아하고 아름다운 선율을 끝까지 끌고 간다. 4악장은 변화가 많으면서도 명쾌하고 힘 있는 제1주제와 달콤하고도 아름다운 제2주제를 동일성 있게 전개하다가 마지막에 긴박한 종결부로 힘차게 끝난다. 비애와 애석함, 그리고 내밀한 뉘앙스가 풍기는 이 곡에 대해 엘가는 스스로 "훌륭하고 생기 넘치는 진정한 나의 대작"이라고 했다.

# 이자이

갑자기 머리 속이 투명해진다.

봄 같기도 하고 아닌 것 같기도 한 계절에

겨울을 지나온 몸도 한결 가볍다.


조금은 가볍게, 마치 안개가 젖어오듯이

d단조의 솔로 바이올린은 나를 감싸면서

내 주변에 한참 동안 머무는 꽃향.

## Eugène Ysaye(벨기에, 1858, 리에자-1931, 브뤼셀)

이자이의 예술적 재능의 결정체로 불리는 6개의 무반주 바이올린 소나타는 바흐의 영향이 느껴지는 작품이지만, 바흐처럼 일정한 규격 형식에 맞춰 쓴 것이 아니라 자유로운 형식을 취하고 있다. 1악장의 것도 있고, 바로크와 고전 소나타를 융합한 것도 있고, 표제적인 경향을 보여주기도 한다. 그는 이 소나타를 당대의 가장 저명한 바이올리니스트들에게 헌정하기로 하고, 작품에 각 연주자의 음악적 개성을 담아냈다. 이 중 에네스쿠에게 헌정된 제3번은 '발라드' 라는 제목을 가졌다. 화려한 기교를 펼치면서 점차 음형이 가늘어지면서 템포가 빨라지는데, 단일 악장의 짧은 소나타이나 발라드인 만큼 서사적인 경향도 있는 걸작이다.

# 푸치니




불기 없는 난로지만 따뜻함으로 만났다가

한겨울 속 간절한 따뜻함으로 인생을 논하다가

다락방 인생의 웃음과 눈물이다가 이별이다가

그래도 너무나도 그리운 사랑이었네,

그대들의 라 보엠.

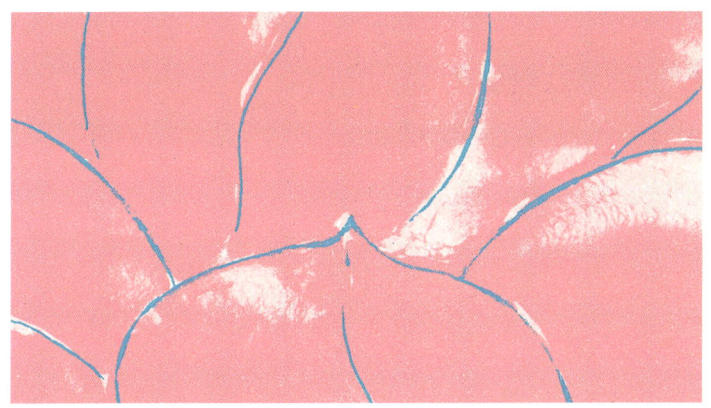

## Giacomo Puccini(이탈리아, 1858, 루카-1924, 브뤼셀)

'라 보엠' 이 인기를 끄는 것은 주옥 같은 아리아가 많은 것도 한 이유가 될 것이다. 1막의 로돌포가 부르는 유명한 아리아 '그대의 찬 손' . 애정을 가득 담고 이야기하듯이 불리는 이 아리아는 노래를 꾸며나가는 바이올린 소리가 아름답다. '내 이름은 미미' 라는 미미의 주제로 시작되는 아리아가 이 어지고, 다시 로돌포가 달빛에 비친 미미의 아름다움을 찬미하면서 그녀와 함께 부르는 사랑의 2중 창 '사랑스런 아가씨' 도 백미다. 제2막에서는 유명한 '무제타의 왈츠' . 제4막에서는 콜리네가 자기 의 낡은 외투를 팔아 돈으로 바꾸겠다는 아리아 '낡은 외투여, 안녕' 이 사랑받고 있다.

# 볼프

숲에는 소생의 기쁨이 있다.

얼어붙은 땅, 죽은 나뭇가지마다 생기가 돌고

연초록 잎들은 꽃과 열매를 기다린다.


둥지 떠난 새들이 새벽잠을 깨울 때

봄의 웅성거림처럼 숲 속으로 퍼져나가는

'언제까지나 사랑하라, 칭찬하라' 는

어느 고독한 산보자의 노랫소리.


비애의 그림자를 지우려 가는

어느 봄날의 산책.

**Hugo Wolf**(오스트리아, 1860, 빈디시-그라츠-1903, 빈)

볼프는 리트를 작곡할 때 한 시인의 작품에 집중했다. 이것이 뫼리케 가곡집을 비롯해 그의 리트가 시와 음악의 완벽한 결합으로 작곡될 수 있었던 한 요인이다. 평생 외롭게 살았던 그는 마지막까지 그로부터 벗어나기를 희구했다. 그래서인지 뫼리케 가곡집에서는 작곡 순으로 치면 열두 번째가 되는 '소생하는 희망'을 첫번째 곡에 넣었다. 이 첫 곡 외에 뫼리케 가곡집에서는 제2곡 '어린이와 꿀벌', 제10곡 '산책', 제12곡 '은둔', 제16곡 '요정의 노래', 제40곡 '사냥꾼', 제42곡 '처녀의 첫사랑의 노래', 마지막 곡인 제53곡 '이별'이 많이 불리고 있다. 이 중 '산책'은 경쾌하고 시원스런 리듬으로 삶의 즐거움을 노래하고 있다.

# 알베니스

눈을 감아도 황홀하다.

환상이듯, 마을마다 들려오는

춤곡의 리듬 속에서

바람 타고 솔솔 날아오는

붉디붉은 꽃향기와

포도주에 취해 무르익는

안달루시아의 저녁 풍경.


정열적이지만 흐느끼는

스페인의 혼.

**Isaac Albéniz**(스페인, 1860, 카탈로니아~1909, 피레네)

'이베리아' 는 알베니스가 유럽음악의 주류를 모두 섭렵하고 나서 선율·리듬·화성에서 스페인의 민

족적 색채를 독창적 피아니즘으로 나타낸 작품이다. '스페인의 음악적 인상' 이라 불리는 '이베리아'

는 알베니스의 피아니스트적인 능력과 작곡 능력이 모두 담겨 있는 작품이며, 스페인을 향한 애정이

그대로 나타나고 있다. 12곡 모두 스페인의 자연경관을 주제로 한 이 작품은 프랑스적인 색채감도 뛰

어나나 끝없는 화려함 속에 내면으로부터 배어나오는 슬픔도 내재되어 있다. 2집의 2번 'Almeria' 가

특히 아름답다. 4집의 2번 'Jerez' 는 전곡 중에서 가장 긴 곡으로, 스페인 동의 서정과 낭만성이 알

베니스의 독특한 어법으로 표현된 음악이다.

알베니스의 〈이베리아〉

# 말러

머리칼을 쓸어 넘기는 게 바람인가 봐.

지나간 시절은 노을 진 산 그림자에 어른거리고

그때, 바람 따라 떨어지는 낙엽도 한 시절의 꽃이었음을.

오늘도 대지에 부는 바람은 귓전을 스치며

낙엽 뒹구는 숲의 이야기를 들려주네.

**Gustav Mahler**(오스트리아, 1860, 카리슈트-1911, 빈)

말러는 교향곡의 숙명적인 숫자인 9를 피하는 의미에서 교향곡 9번이라 부르지 않은 '대지의 노래'
를 작곡하고, 나중에 이런 징크스를 무시하고 1909년에 작곡한 곡을 9번이라 했으나 그 다음해에
착수한 10번 교향곡은 완성을 못하고 세상을 떠난다. '대지의 노래' 는 2인의 독창자 알토(또는 바리
톤)와 테너 목소리가 솔로 악기 역할을 하는 리트 심포니이다. 죽음이 가까이 온 것을 예감한 말러는
이 작품을 통해 자연에 대한 끝없는 애착심, 인간에 대한 사랑 등 자신의 철학을 음악으로 옮겼다. 맹
호연과 왕유의 시를 쓴 6악장은 전악장 중 가장 장대하고 아름다운 영혼의 음악이다.

# 드뷔시

물의 마음이다.
그 마음을 스치는 바람이다.
그 바람에 쏠리는 달빛이다.


달빛은 물의 관능이다가
물의 빛깔을 머금은.


바람은 빛깔의 소리이다가
소리의 마음이다가.


종일토록 물결무늬 반짝이는
물가의 나른한 오후.
멀리 꿈길인 듯
지금 이 마음은.

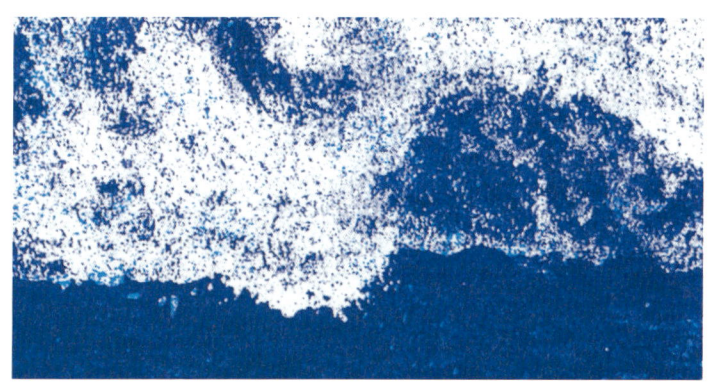

## Claude Debussy(프랑스, 1862, 생 제르망 앙레-1918, 파리)

인상주의의 색채 개념은 드뷔시의 '소리' 에 깊숙이 파고들었다. 뚜렷한 선이나 윤곽 등을 배제하고
엷은 파스텔 풍의 색채로 상징적인 분위기만을 화폭에 옮겨 놓는 인상주의 그림 양식을 음악에서도
시도한 것이다. 이렇게 해서 탄생된 작품이 관현악곡 '목신의 오후에의 전주곡' 이다. 이 곡은 말라르
메의 〈목신의 오후〉라는 시의 일부를 테마로 삼았다. 드뷔시 자신은 이 곡에 대해 "말라르메의 아름
다운 시에 대한 매우 자유로운 표현이며 시와 하나가 되기보다는 시의 분위기, 즉 한여름 오후의 열
기 속에서 겁을 먹고 달아나는 님프를 뒤쫓는 목신의 꿈과 욕망을 투영시키려 했다" 고 말했다.

# 리하르트 스트라우스

태초의 빛처럼

빛의 소리처럼

밤의 어둠이 사라지는 새벽처럼


하루의 시작처럼

한낮의 스펙트럼처럼

한낮 태양의 환희 넘치는 열정처럼


인생은 어김없이 오는 밤처럼.

**Richard Strauss**(독일, 1864, 뮌헨~1949, 바바리아)

R. 스트라우스의 '차라투스트라는 이렇게 말하였다' 는 나직하고 조용한 C음에서부터 시작하다 가 트럼펫이 장중하게 '자연의 주제' 를 연주한다. 이 소리는 지극히 단순하지만 자연과 우주의 위대 한 섭리를 느끼게 한다. 이 교향시에 대해 R.스트라우스는 이런 설명을 했다. "나는 결코 철학적인 음 악을 쓰려고 하지 않았으며… 음악적 표현을 통해 인류 발전의 개념과 그 기원, 그 다양한 발전 과정 을 거쳐 니체의 초인적인 관념에 이르기까지의 양상을 전하려 했을 따름이다. 이 교향시의 작곡 의도 는… 철학서를 통해 가장 훌륭한 예증을 보인 니체의 천재성에 대한 예찬에 있다."

# 닐센

풀은 드러누웠지 쓰러지지 않았다.

밟힌다 해도 쓰러지지 않았다.

세월이 흘러 스스로 부러진다고 해도

나무는 살아남기 위해 잘려나갔다,

이 땅의 거대한 산들처럼.


산맥이여, 강이여, 핏줄이여,

겨우내 소리 없이 분노하면서

봄이면 죽음 속에서 싹트는 그것들.


저 바다에서도 파도는

아침마다 다시 일어선다.

## Carl August Nielsen(덴마크, 1865, 뇌레 륀데르세-1931, 코펜하겐)

닐센이 교향곡 제4번을 착수한 것은 1914년 제1차 대전이 일어난 해로, 전쟁의 확산이 덴마크 전역을 덮고 있을 때였다. 어려운 시기에 닐센은 '멸할 수 없는 것' 이라는 표제를 단 교향곡을 작곡했다. 닐센은 당시 파멸 직전에 있던 덴마크 상황을 담지 않을 수 없었을 것이고, 전쟁의 소용돌이 속에서 작곡은 계속되었다. 이 작품은 단악장제를 취하고 있지만 4개 악장의 요소가 순차적으로 이행되어 가는데, 교량적인 악구에 의해 전혀 끊어짐이 없이 자연스럽게 다음으로 들어가도록 되어 있다. 게다가 제1부의 주요 주제를 피날레에서 재현시켜 전곡이 하나의 악장으로 융합되도록 유기적으로 구성돼 있다.

# 시벨리우스

밤새 눈 내린 숲,

숲은 나뭇가지 끝마다

순수의 입김을 뿜는다.

숲이 뿜는 입김처럼 자유는

와아와아 들판을 내달리는 아이들,

아이들의 함성으로.


지금 숲의 끝에서는

아이들이 막 태어난다.

눈 내린 숲,

나뭇가지 끝마다

하늘을 향해 솟는 분수처럼

노래하는 핀란디아는.

**Jean Sibelius**(핀란드, 1865, 헤미린나~1957, 예르벤페)

1899년 러시아는 핀란드 식민통치의 압박을 가하기 시작했다. 이에 핀란드인은 애국운동을 펼치기 시작한다. 그 운동의 일환으로 역사극 '역사적 정경' 의 공연이 있게 되었다. 이 극음악의 마지막 장면인 '핀란드의 각성' 이 훗날 '핀란디아' 라는 교향시가 되었다. '핀란디아' 는 금관이 연주하는 고난의 동기로 시작된다. 점차 곡은 격하게 고조되어 마침내 결연한 곡조로 바뀌면서 투쟁에 대한 호소로 폭발하다가 목관과 현이 등장하면서 코랄풍의 아름다운 선율로 이어진다. 이 평화로운 '핀란디아 찬가' 가 연주된 후 다시 투쟁의 동기와 승리로 향하는 동기가 나타나 곡은 클라이맥스로 치닫는다.

# 부조니

꽃도, 프랑스 춤도 느리게 흔들리면서

어딘가 모르게 바로크 풍인 피아노 건반에서

짙은 바닷빛 물결로 넘쳐나기도 하면서


바람에 흩날리는 긴 머리칼의

프랑스 춤은 흐드러지면서

마치 비상하는 천사의 모습 같아서

그의 음악 안에서.

## Ferruccio Benvenuto Busoni(이탈리아, 1866, 엔폴리-1924, 베를린)

부조니의 '샤콘느'는 바흐의 '무반주 바이올린 파르티타 제2번 d단조'의 마지막 악장 샤콘느를 편곡한 피아노 독주곡이다. 역시 이 곡을 왼손만의 피아노곡으로 편곡한 브람스는, 클라라에게 보낸 편지에서 바흐의 원곡에 대해 이렇게 쓰고 있다. "나에게 샤콘느는 경이적이며 가장 신비로운 작품의 하나입니다. 그 작은 악기를 위해서 바흐는 그토록 심오한 사상과 가장 힘찬 감정의 세계를 표현했습니다." 부조니는 원곡에 많은 수정을 가해서 바이올린의 단음 위주의 강렬함 대신 피아노의 넓은 음역으로 풍부한 울림을 가진, 보다 더 감수성을 자극하는 곡으로 만들었다.

# 사티

그에게는 구석자리가 어울린다.

중세의 고딕식 집에 홀로 숨어

있는 듯 없는 듯, 그는 거기에 있다.


느릿느릿, 비통하게, 슬프게

그리고 장중하게 춤추는 짐노페디,


보이지 않는 구석자리에서

저 혼자 피어 흔들리는 꽃.

**Erik Satie**(프랑스, 1866, 옹프루르-1925, 파리)

사티만큼 속세의 풍조에서 비껴나 창작에 몰두한 작곡가도 드물 것이다. 그는 주로 피아노 작품을 썼으나, 겉으로 드러난 그의 삶과는 달리 기교가 그렇게 현란하지는 않다. 걸작 중의 하나인 '짐노페디'는 초기의 사티를 대표하는 작품이다. 이 곡은 단음으로 연주되는 애조 띤 선율선과 그것을 지배하는 섬세하고 선법적인 불협화음으로 구성되어 있다. '짐노페디' 는 사티가 플로베르의 소설 〈살람보〉를 읽고나서 작곡하였다고 한다. 그 청명한 작풍 때문에 사티가 좋아했던 화가 퓌비스 드 샤반의 선적이고 연한 색채를 연상케 한다고 평한다.

# 그라나도스

해질녘 새들은
숲 속으로 날아가네.


숲을 물들이고
마음마저 붉게 하는 저녁놀.
이곳이 숲 속인지,
마드리드 뒷골목의
놀 비치는 창마다
발그레한 숲의 풍경이네.


이슥히, 멀리 숲 속에서
울고 있는 접동새 몇 마리.
그 소리에 달빛이 내려와
밤새 뒤척이네.

**Enrique Granados**(스페인, 1867, 레리다~1916, 영국 해협)

스페인 화가 고야의 동판화 시리즈 '로스 카프리초스' 를 보고 영감을 받아 작곡한 '고예스카스' 는 귀족적인 요소와 서민적인 요소가 미묘하게 배합되어 카를로스 3세와 4세 시대의 스페인 분위기를 잘 묘사하고 있다. 이 작품은 무형식이 특징이며, 즉흥곡 풍으로 되어 있다. 1부는 제1곡-사랑의 표시, 제2곡-창가의 대화, 제3곡-횃불의 판당고, 제4곡-마야와 나이팅게일, 2부는 제5곡-사랑과 죽음, 제6곡-에필로그, 유령의 세레나데이다. 이 가운데 네 번째 곡이 가장 사랑받고 있으며, 제목대로 소녀와 새가 주고받는 대화로 아름다운 시정이 넘친다.

# 스크리아빈

손끝이 살아 있다,
아주 감각적이다.
살아 숨쉬는 모든 것이
감각적.

손끝의 감각은
침묵에서 소리를 향해
어둠에서 빛을 향해
빛과 소리로 질주한다.

감각적인 아름다움.
그 관능 속에서
모든 것은 한껏 자유다,
새들이 빛으로 비상하듯
환상적.

**Alexander Nikolayevich Skryabin**(러시아, 1872, 모스크바-1915, 모스크바)

스크리아빈의 다섯 개의 교향곡에서는 짙어지는 신비주의 성향이 점진적으로 나타나고 있다. 제1번
에서 '종교로서의 예술에 대한 찬미' 를 노래하고, 제3번은 '자기 확신과 구속으로부터의 영혼의 해방'
을, 제4번은 '창조의 기쁨' 을, 제5번은 '모든 감각의 종합' 을 꾀했다고 볼 수 있다. 그는 제5번 교향
곡 '프로메테우스' 에서 색광 피아노(무지개 색깔이 건반에 의해 스크린에 투사)의 사용까지 시도했
다. 가장 유명한 교향곡 제4번 '황홀의 시' 는 서주와 코다를 가진 단악장의 소나타 형식으로, 신비화
음으로 불리는 독특한 화음이 종종 출현해서 몽환성과 신비성, 도취감 등이 잘 표현되어 있다.

# 본-윌리엄즈

그린 빛 바람은
쪽빛 바다를 건너서 왔다.
오늘도 물보라를 일으키며
출렁거리는 물결무늬들.

옛 어느 여인의
그린 슬리브즈 선 따라
하늘대는 하프 소리 들려오고.

산 넘고 들을 지나서 온
바람의 발 빠른 소문처럼
사랑은 어느 날 문득
남몰래 왔다네.

## Ralph Vaughan-Williams(영국, 1872, 그로스터셔~1958, 런던)

본-윌리엄즈의 환상곡 '그린 슬리브즈' 의 주선율은 영국에서 널리 알려져 내려오던 곡이다. 16세기 말 영국에 푸른 소매의 옷을 입은 바람둥이 여자가 있었는데, 그린 슬리브즈란 이름으로 불렸었다. 셰익스피어는 이 선율에 대하여 〈윈저의 명랑한 아낙네들〉 속에서 이야기하고 있으며, 본-윌리엄즈 는 셰익스피어 희극을 소재로 오페라 '존 경은 연애중' 을 작곡하면서 '그린 슬리브즈' 의 선율을 사 용했다. 이 부분을 편곡한 작품이 환상곡 '그린 슬리브즈' 이다. 이 곡은 하프가 아름다운 멜로디를 연주해서 여주인공을 천사의 모습처럼 연상하게 한다. 그래서 관능적인 감정보다는 향수를 일으키 는 신비적 분위기가 나타나고 있다.

# 라흐마니노프

어린 시절 성당에서
들려오던 종소리,
감미롭다.

세월이 흐르고 떠났어도
만나고 헤어지는 것은
언제나 우울하고
감미롭다.

감미롭게 혹은 우울하게
라흐마니노프 건반을 흐르는
아련한 아다지오 풍
옛 이야기.

## Sergey Rakhmaninov(러시아, 1873, 오네그~1943, 버벌리힐즈)

24세의 라흐마니노프는 교향곡 제1번을 작곡하여 연주회를 갖는다. 그런데 반대파의 혹평에 시달리다가 그는 결국 노이로제에 걸려 병상에 눕게 된다. 3년을 이러한 괴로움 속에서 보낸 어느 날, 그는 정신과 의사인 니콜라이 달을 만나게 된다. 달 박사는 최면술 심리요법을 써서 그의 노이로제를 고쳐나간다. 라흐마니노프는 27세 때 '피아노 협주곡 제2번'을 작곡하게 되고, 병을 치료해준 달 박사에게 헌정했다. 그는 이 협주곡에서 탄탄한 구성 속에 서정성과 낭만성, 그리고 피아니스틱한 효과를 오묘하게 결합하고 있다. 말하자면 논리와 감정을 적절히 결합시켜 센티멘탈하면서도 센티멘탈을 벗어나 대중적 인기를 얻고 있다.

# 쇤베르크

숲길에 들어서면
두런두런 말소리가 들려온다.
아무도 없어도 멀리 있는 소리가
가까이서 들리고,
밤이 되면 숲에서는
온갖 소리들이 달빛에 취한다.

어디서부터인가 이어지는
밤새들의 울음 같은 현악기 소리,
달빛이 그 선율에 쏟아지고
사방이 환해진다.

**Arnold Schönberg**(오스트리아, **1874**, 빈-**1951**, 로스앤젤레스)

쇤베르크는 '정화된 밤' 을 리하르트 데멜의 시에 근거해서 작곡했다. 시의 내용은 두 남녀가 달빛 비치는 숲길을 걸으면서 남의 아기를 밴 사실을 조심스럽게 고백하는 여자를 남자가 용서하고 사랑을 나누는 것으로, 음악도 이 내용에 맞춰 진행된다. 곡의 개시부는 두 남녀의 걸음걸이를 표현하듯 조용하게 시작되며 이윽고 리듬이 빨라지면서 새로운 모티브가 전개되며 첼로의 선율이 이어진다. 두 남녀의 걸음걸이, 말소리와 숲의 술렁거림이 첼로와 바이올린으로 전개되다가 끝부분에 오면 선율이 다시 높아졌다가 숲의 술렁거림 같은 아르페지오 속에 조용히 곡이 끝난다. 이 작품은 후기낭만의 최고 작품이라고 평하기도 한다.

# 홀스트

아주 먼 그곳에서는

모차르트가 들려온다.


바흐를 찾아가는

머나먼 선율의 여행은

소리의 근원을 찾는 것.

소리는 우주의 품 안에서

전쟁의 포성을 원하지 않는다.

지구의 아비규환을

원하지 않는다.


참화의 폐허 속에서는

오늘도 따뜻한 생명의

꽃 한 송이 피어나고.

**Gustav Holst**(영국, 1874, 그로스타셔~1934, 런던)

1920년 알버트 코츠의 지휘로 런던 심포니에 의해 '행성' 전곡이 초연되었을 때 홀스트는 이 곡에 대해 이렇게 말했다. "이 음악은 여러 행성의 점성술적 의미가 착상의 계기가 되었지만, 그렇다고… 신화의 신과는 관계가 없다. 다만 각 곡의 타이틀이 광의로 해석된다면 그것으로 충분할 것이다." 제1곡은 화성, 제2곡은 금성, 제3곡은 수성, 제4곡은 목성, 제5곡은 토성, 제6곡은 천왕성, 제7곡은 해왕성이다. 이 마지막 곡은 후반에 가사 없는 여성 6부 합창이 나타나 이색적인 모음곡의 종곡에 걸맞게 무한한 신비감에 젖게 한다. 홀스트의 모음곡 '행성' 에서는 '주피터' 가 네 번째 곡으로, 쾌락을 가져오는 신을 묘사하고 있다.

# 아이브스

길을 가다가 묻는다,

나는 어디서 와서 어디로 가는가.

살아가면서 혼자 묻는다,

생각과 행동은 왜 이렇게 다른가.

사랑의 실천은 그토록 어려운 것인가.

사랑은 무엇인가.

언제쯤이나 깨닫게 될 것인가.


사람들 속에서 혹은 내 속에서

알려고 하지 않고

보려고 하지 않고

들으려고 하지 않는 침묵의,

다른 한 쪽의

침묵 속에서.

## Charles Edward Ives(미국, 1874, 댄버리~1954, 뉴욕)

쇤베르크는 아이브스를 두고 "미국에 한 위대한 인간이 살고 있다.… 그는 다른 사람의 무관심에 경멸로 응했으며, 찬사와 비난 중에 어떤 것도 받아들이지 않았다" 라고 했다. 두 사람은 서로 다른 대륙과 음악전통에서 살아 만나지도 않았으면서도 비슷한 길을 걸었다. 트럼펫과 4대의 플루트와 현악합주로 연주되는 아이브스의 대표작 '대답 없는 질문(The Unanswered Question)' 은 '황혼의 센트럴 파크' 와 쌍을 이루는 작품으로, 전자가 조성을 가진 현악기군에 대해 반음계적·무조적 관악기군이 대응하는 구성이고, 후자는 반대로 무조적·반음계적 현악기군에 대해 관악기군이 조성적으로 구성되어 있다. 아이브스는 '대답 없는 질문' 이란 존재에 대한 물음이며, 이것이 작품 구성의 동기였다고 했다.

# 크라이슬러

슬픔은 깊은 슬픔에서 오는가.
기쁨은 더욱 큰 기쁨으로,

하지만 사랑하다보면
기쁨은 기쁨이 아닌 것,
슬픔도 슬픔이 아닌 것.

슬픔이면서도 슬픔만이 아닌 기쁨으로,
기쁨이면서도 기쁨만이 아닌
깊은 슬픔으로.

정말로 감미로운 어느 날.

**Fritz Kreisler**(오스트리아, 1875, 빈-1962, 뉴욕)

한 쌍으로 되어 있는, 크라이슬러의 '사랑의 기쁨' 과 '사랑의 슬픔' 은 두 곡이 다 빈 민요에 의한 왈츠 풍이다. C장조로 쾌활하고 행복한 느낌을 주는 '사랑의 기쁨' 은 색채적인 효과에 밝은 선율로 노래하며 발랄한 주요 주제와 중간부의 유창한 노래가 대조를 이루어 구성으로서도 나무랄 데가 없다. a단조로 감미롭고 애상적인 감정을 주는 우아한 선율곡인 '사랑의 슬픔' 은 '사랑의 기쁨' 과는 성격이 다르지만 절망적인 비극으로 노래하는 것이 아니어서 감미로운 센티멘탈리즘이 극치를 이루고 있다.

# 라벨

사람의 몸이 아름답다.
발끝에서 머리끝까지
아름다운 선을 타고
소리가 올라간다.
뜨거운 핏줄기의 전율,
그 야성.

소리는 다시
물 흐르듯 내려온다.
사람의 몸이 음악이다,
숨소리가 음악이다.
우리 흘러가는 인생,
볼레로는.

150

**Maurice Ravel**(프랑스, 1875, 시브르–1937, 몽포르 라모리)

라벨은 1928년 전위 무용가 이다 루빈스타인을 위한 무용곡 '볼레로(Boléro)' 를 발표했다. 멜로디

도, 하모니도 그리고 리듬도 철저하게 동일형으로 반복되는, 유일한 변화라고는 "모양이 달라지는 관

현악의 크레셴도" 뿐인 이 곡의 성공으로 라벨은 단번에 인기 작곡가의 반열에 올랐다. 이 곡은 단순,

소박하지만 솟아오르는 곡조는 그렇게 정열적일 수가 없다. 조용하게 울리는 드럼으로 시작되는 곡

은 볼레로의 리듬을 타다가 스페인 민속음악 선율로, 이어 목관악기가 이를 받고 다른 악기가 합치면

서 큰 강물처럼 불어난다. 계속되는 드럼. 현악기의 피치카토가 정서를 고조시키고 큰 물결처럼 음악

은 점차 높고 강하게 파도친다.

# 볼프-페라리

나뭇잎이 하나 둘씩 떨어지네.
낙엽 깔린 지나온 세월에
사랑이 얼마나 쌓였는지
혹은 미움은 아닌지.

하염없이 아래로
아래를 내려다보는
연민의 시선이 있어
그만 눈물로 떨어지네.

## Ermanno Wolf-Ferrari (이탈리아, 1876, 베네치아~1948, 베네치아)

베리즈모 오페라 작곡가 중에서도 볼프-페라리는 다소 특이한 인물에 속한다. 그의 대부분 작품은 당대에 유행했던 오페라 부파이다. 그의 오페라 가운데서 '성모의 보석' 만이 베리즈모 풍인데, 이 작품으로 그는 후대에 이름을 남기고 있다. '성모의 보석' 은 여기에 나오는 두 곡의 간주곡으로 더욱 유명하다. 이 오페라의 유명한 두 곡의 간주곡은 1막과 2막 사이에 나오는 제1번이 더 많은 사랑을 받는다. 아름답고 애잔한 선율로 이루어져 있는, 지극히 아름다운 이 곡은 슬픔이 서린 극중의 분위기를 그대로 전해주는 현악합주곡이다.

# 파야

여인이 홀로
판당고 춤을 춘다.
오보에에 흔들리고
잉글리시 호른에 열리는
마음에 빗장을 질러라.

밤이 오면 마을에는
수상한 뻐꾹새가
다시 또 날아든다.
뻐꾹 뻐꾹 뻑뻐꾹.

이윽고 뻐꾹새가 날아가자
마을사람들이 한바탕 벌이는
호타의 춤판.

**Manuel de Falla**(스페인, 1876, 카디스-1946, 아르헨티나의 알타 그라시아)

1919년에 완성한 파야의 '삼각모자' 는 디아길레프 무용단에서 발레음악으로 의뢰한 작품이다. 디아길레프는 파야의 피아노와 관현악을 위한 교향적 인상 '스페인 정원의 밤' 을 발레음악으로 만들어 주도록 부탁했었는데, 파야가 마음에 들지 않아 알라르콘의 소설 〈삼각모자〉를 시에라에게 발레 대본으로 부탁해 작곡을 부쳤다. 전2막으로 된 이 발레는 권위의 상징인 삼각모자를 쓴, 안달루시아 어느 지역의 지방관이 그 마을 물레방앗간의 아름다운 아낙네에게 흑심을 품었다가 혼쭐이 난다는 내용을 담고 있다. 이 발레곡은 발췌하여 모음곡을 만들었는데 요즘에는 이 곡이 더 자주 연주된다.

# 레스피기

로마의 새벽은

줄리아의 골짜기에서부터 오고


물의 춤으로 트리토네 분수는

기쁨이 넘치는데


한낮 트레비 분수는

그 옛날 빛나는 팡파르를 울리네.


황혼녘 메디치 장원의 분수가

종소리로 퍼져 가면


이윽고 나무들 수런거림 속에

새들이 잠이 드네.

## Ottorino Respighi(이탈리아, 1879, 볼로냐-1936, 로마)

레스피기의 대표작은 로마의 3부작이라고 불리는 교향시 3편 '로마의 분수' '로마의 소나무' '로마의 축제' 라고 할 수 있다. 이 중에서 처음 작곡된 작품은 '로마의 분수' 이다. 이 곡은 토스카니니에게 인정받아 널리 알려지게 됐으며, 이를 계기로 레스피기는 3부작의 나머지 2곡을 쓰게 되었다. 이 작품에 대해 레스피기의 부인 엘사는 〈회상록〉에서 "당시까지 교향시는 문학적인 표제로 극히 자유롭게 전개되었는데, 레스피기는 4개 부분으로 구성되는 교향곡의 형태로, 고전적인 형식을 활용하여 교향시를 만들었다. 근대적인 곡이기는 하나 이탈리아인의 정신을 특징짓는 균형과 절제의 한계를 넘지 않고 있다" 고 했다.

# 바르토크

머뭇거리듯 슬픈 푸가,
미로 같은 골목을 벗어나자
선율은 요란한 타악기 소리로
뜨겁게 작열한다.
태양은 더욱 뜨겁게 쏟아지고
흰옷 입은 사람들,
뛰어가는 그림자도 하얗다.
집도, 골목도 하얗다.

꿈속 같은 신비한 경험,
아프리카 또는 헝가리의
한여름.

**Béla Bartók**(헝가리, 1881, 나지센트미크로슈–1945, 뉴욕)

바르토크의 삶은 생전 그가 겪은 조국 헝가리의 역사적 상황과 다를 바가 없다. 그가 태어난 곳은 루마니아 영토로 편입되었고, 어린 시절을 보낸 곳은 체코슬로바키아에 소속되었다가 다시 구 소련 땅이 되고 말았다. 바르토크가 민족주의 음악에 몰두하는 것은 그의 삶을 관통하고 있는 헝가리의 이런 비극적 상황과 무관하지 않다. 바르토크가 55세에 작곡한 '현악기와 타악기와 첼레스타를 위한 음악' 은, 모든 실험적 노작을 마치고 창작력이 가장 충실했던 시기에 나온 최고 걸작이다. 바르토크 자신은 피아니스트였지만 갖가지 테크닉으로 엮어낸 4중주에서 현악기를 다루는 솜씨가 일품이다.

# 에네스쿠

풀잎이 풀잎을 흔들고
나뭇잎이 나뭇잎을 흔들 때
강물은 솟구쳤다 쏟아지면서
물소리로 흘러간다.

이어지고 내려온 핏줄처럼
강물은 유유히 흘러가는데
바람아, 세상을 떠돌면서 무엇을 보았느냐.

아름답고 슬픈 세월
목관에 실려,
문뜩 고향이 그립다.

**George Enescu**(루마니아, 1881, 리베니-1955, 파리)

조국에 대한 애정을 담은 에네스쿠의 작품으로는 '루마니아 시곡' 으로부터 '루마니아 랩소디 제1·2번' '루마니아 주제에 의한 바이올린과 피아노를 위한 소나타' '루마니아 주제에 의한 서곡' 등이 있다. 그 중 '루마니아 랩소디' 는 에네스쿠 작품 중에서 가장 포퓰러한 것이다. 두 곡 중에서 제1번이 더 자주 연주된다. 랩소디이기 때문에 곡은 일정한 형식적 통일은 없으나 현의 효과적인 합주로 집시풍의 선율이 두드러지고, 전원적이면서도 동양적인 선율과 루마니아 민족 무곡 선율이 목관 악기와 타악기에 의해 무궁하게 펼쳐지고 있다.

# 스트라빈스키

깨어나라, 깨어나라.

맨발로 땅을 구르고

마구 흔들어대며

땅의 신을 부른다.

벌거벗은 춤의

관능 속에서

생동하는 봄의 혼.


비로소 20세기의 봄이 시작되고

죽은 나무마다 새로운 뿌리가 살아난다.


언 땅이 갈라지듯 거칠게,

그리고 녹아내리듯 부드럽게.

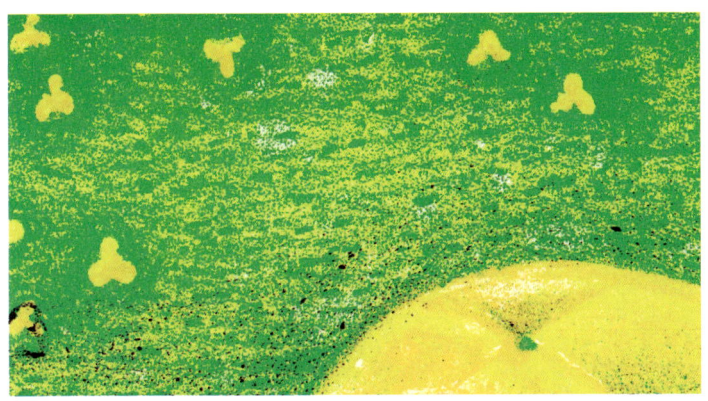

**Igor Stravinski**(러시아, 1882, 오라니엔바움−1971, 뉴욕)

스트라빈스키의 대표적 음악 업적은 디아길레프를 만나 활동했던 이 시기의 많은 발레음악들이다. '봄의 제전' 은 이때 그가 독자적으로 구축한 관현악 색채의 절정이라고 말할 수 있다. 폭발적인 힘을 지닌 리듬, 짓눌린 멜로디, 복잡한 화음의 기괴함, 그리고 이러한 요소들을 갑자기 토해내는 듯한 강렬한 관현악 음향은 그때까지 아무도 상상하지 못했던 음악이었다. 가공하지 않은 듯한 음색과 풀 오케스트라가 원색적으로 내뿜는 음향의 '봄의 제전' . 이 음악부터 스트라빈스키는 과거의 음악을 변혁시키는 '혁명적 작곡가' 위치에 우뚝 섰다.

# 코다이

만화경 속 풍경은

딴 세상이었지.

색종이 조각들이 반짝이며

형형색색으로 빛났고

슬픔도 고민도

허풍떠는 것처럼 재밌기만 했지.


작은 구멍으로 보는

세모 거울 상자 속 세상에서

아이들 눈으로 만나는

이웃집 하리 야노스,

그지없이 우스꽝스러우나

싱싱한 생명력의 사내지.

**Zoltán Kodály**(헝가리, 1882, 케추케메이트-1967, 부다페스트)

코다이는 음악적 생명의 원천이 민요라고 하면서, 진정한 삶 속의 헝가리 음악은 농촌에 남아있는 민속음악뿐이라고 했다. 그의 모음곡 '하리 야노스' 는 동명 오페라에서 6곡을 뽑아 편곡한 것이다. 하리 야노스는 나폴레옹과 싸워 이겼다든지, 머리 일곱을 가진 용을 쓰러뜨렸다든지 등 엉뚱한 허풍을 떠는 사내다. 그러나 매사에 악의가 있는 것은 아니고 공상을 풀어대는 것으로 이 이야기는 어른을 위한 동화 같다. 1곡은 서곡으로 '옛날 이야기는 시작된다' , 2곡은 '빈의 음악 시계' , 3곡은 '노래' , 4곡은 '전쟁과 나폴레옹의 패배' , 5곡은 '간주곡' , 6곡은 '황제와 신하의 입장' 으로, 민속적 요소를 교묘히 처리한 인상적인 음악이다.

# 시마노프스키

바람 부는 대로 풀은 흔들린다.
부드럽게, 속으로 아우성치면서
보다 튼튼히 뿌리박고
살아가기 위해서 풀은 흔들린다,

바람 따라 낮은 곳으로.
강은 더 낮은 곳으로 흐르는데
흔들리면서 더 낮은 소리로
흐느끼는 풀,

폴란드의 솔로 바이올린은.

**Karol Szymanowski**(폴란드, 1882, 우크라이나-1937, 로잔)

시마노프스키는 독창적이면서도 섬세하게 폴란드의 고유 정서를 자신의 음악에 담아냈다. 그가 쓴 두 개의 바이올린 협주곡은 교향곡 4번으로 불리는 '피아노와 오케스트라를 위한 협주 교향곡' 과 더불어 자주 연주되는 작품이다. 폴란드의 시인 미치니스키의 '5월의 밤' 에서 영감을 얻어 작곡한 '바이올린 협주곡 1번' 은 이국적 정서의 감미로움을 띠고 있다. 반면에 이 곡을 쓴 17년 뒤 작곡한 '바이올린 협주곡 2번' 은 보다 명확하고 간결한 형식의 민족적 색채가 짙은 곡이다.

# 베베른

다시 검은 전운이
몰려들기 시작했다.
폭탄은 곳곳에서
섬광을 뿌리며 작열했다.

그 소리는 순수했지만,
많은 이야기를 삼켰다.
이윽고 소리는 멈추듯
간헐적으로 이어졌다.
흰 종이 위에 뿌린 피
붉은 점처럼,

피아니시시모의
그 작은 점처럼.

## Anton von Webern(오스트리아, 1883, 빈-1945, 미테르질)

베베른은 질서정연하고 면밀한 음렬의 구성을 추구했다. 이런 현상은 '피아노를 위한 변주곡, Op.27' '현악 4중주곡, Op.28' '관현악을 위한 변주곡, Op.30' 등에서 역력히 드러나고 있다. Op.27은 그의 모든 곡이 그렇듯이 기교적인 요소를 일체 배제했다. 베베른 음악의 특징은 미묘한 셈여림의 표현이다. 피아니시시모는 들릴 듯 말 듯한 음향을 유지하면서도 팽팽한 긴장의 신비한 속삭임이다. 순수하게 걸러지지 않은 음은 단 하나도 낼 수 없다는 음의 절제는 곡이 절정에 이른 순간이라 하더라도 포르테 이상을 넘어서는 법이 없다. 그것도 아주 짧은 길이에서 나타난다.

# 베르크

꽃잎은 꽃잎끼리 만나는
장미꽃 한 송이.
열정은 열정끼리 운명으로 얽힌
장미꽃 한 송이.
붉은 색은 붉은 색끼리 그리운
장미꽃 한 송이.
붉게 붉게만 타오르다 못내 시드는
장미꽃 한 송이.


한때 사랑의 열병처럼
비탄의 라르고는.

### Alban Berg(오스트리아, 1885, 빈~1935, 빈)

베르크는 새로운 음악어법을 적극적으로 받아들여 활용하면서도 후기 낭만기법으로부터 완전히 벗어나지 않았다. 그런 까닭에 베르크의 작품에는 음렬주의 내부 깊숙이 조성음악이 도사리고 있다. 현악 4중주를 위한 '서정 모음곡' 은 조성을 버리지 않고 쓴 작품이다. 이 곡은 베르크 자신이 말한 '운명을 감수하면서!' 에서 작곡에 심상치 않은 동기가 내재되어 작품의 테마가 '사랑' 임이 이야기되어 왔었다. 그러던 것이 1976년 베르크의 미망인 헬레네가 사망한 후에 오랫동안 행방불명이던 이 작품의 초고보와 베르크의 메모가 적힌 초판 스코어가 나타남으로써 '서정 모음곡' 의 테마가 베르크의 또 한 여인 한나와의 사랑임이 밝혀졌다.

# 빌라-로보스

야생화 만발한 브라질의 숲이네.
산들바람에 꽃들은 마음 어루만지듯
서로 꽃대궁을 비벼대고,
토종새 몇 마리 휘파람 소리 뿜내며
앞서거니 뒤서거니 날아가네.

나뭇잎 사이 언뜻 비치는 달은
깊은 정적과 비애를 벗어나는데
새소리에 깨어난 숲은
더 이상 엄숙하고 어둡지 않았지.

그때 금관의 금빛 소리가
그 숲에서 가장 빼어났지.

**Heitor Villa-Lobos**(브라질, 1887, 리오데자네이로–1959, 리오데자네이로)

빌라-로보스는 '브라질 풍의 바흐'를 1930년에 시작해서 14년 만에 완성했다. '브라질 풍의 바흐'는 9곡으로 구성돼 있으며, 가장 대중적인 작품은 소프라노와 첼로 합주로 연주되는 제5번이다. 제5번은 많은 소프라노들이 노래했을 뿐만 아니라 플루트와 하모니카로 연주하기도 했고, 첼로 대신 기타리스트들이 연주하기도 했다. 반면에 '브라질 풍의 바흐' 중에서 독창적인 색채가 가장 강한 곡은 제7번이다. 9곡 가운데 제일 긴 이 곡은 민속음악에서 유래한 화려한 연주효과와 바흐의 대위법을 염두에 둔 고전적인 기법이 잘 혼합돼 있다.

# 프로코피에프

바람이 차네,

얼어붙은 강가에서

얼음을 깨뜨리는 강철 손으로

찬바람과 맞서고,

세상과 맞서면서 때로는

슬라브의 슬프고 여린 풀처럼,

때로는 강풍에 부러져 나간

저 숱한 나무들.

아직은 바람이 찬 강가에 서서

진짜 겨울을 보고 있네,


그립고 그리운 봄.

**Sergey Prokofiev**(러시아, 1891, 손초프카~1953, 모스크바)

프로코피에프의 피아노 협주곡은 야심적인 청년작곡가에서 성숙한 거장으로 변모하는 궤적을 뚜렷하게 보여주고 있다. 그 중에서 제3번 협주곡은 다채로운 표현 요소, 고전과 현대, 시와 환상, 힘과 정지 등이 교묘하게 융화된 걸작으로 발표 당시부터 절대적 인기를 얻었다. 기법의 참신함뿐만 아니라 토속적인 러시아 국민성과 넘치는 듯한 생명감이 결합된 점이 매력적이며, 특히 이 곡의 3악장은 마지막의 강렬한 리듬으로 돌진하는 것 같은 기세가 가히 '강철 같은 손가락, 강철로 된 손목' '야만성과 리듬을 폭발시키며 피아노를 타악기처럼' 이라는 평에 걸맞는다.

# 그로페

시간은 멈췄다.

오랜 세월 흘러오다가

어느 순간 모든 것이 멈췄다.


끝없이 떨어지면서

아니, 시간은 흐르고 있었다,

아주 천천히

모든 것이 오랜 세월 천천히 흘러왔다.


현기증의 절벽에서 솟구치는

새 한 마리

혹은 사막의 바람이 되어 흩날리는

꽃 몇 송이.


하늘과 땅 사이에서

좁은 산길을 가는 당나귀 울음소리에

나는 그제야 퍼뜩 제정신으로 돌아왔다.

**Ferde Grofé**(미국, 1892, 뉴욕-1972, 산타모니카)

그로페의 '그랜드캐니언 모음곡'은 통속적이면서도 뛰어난 묘사의 표제음악으로 현대 미국식 관현악곡의 인기작품이다. 1540년 스페인의 카르디너스가 이름 붙였다는 그랜드캐니언은 미국 아리조나주 북부에 있는 세계 7대 불가사의의 하나로, 20억 년에 걸쳐 거대한 협곡이 형성되었다고 한다. 그 길이가 446km, 계곡 넓이가 평균 29km, 깊이가 1.6km에 이르는 장대하고 웅장한 경관을 자랑하고 있다. 이 정경을 묘사한 '그랜드캐니언 모음곡'은 전체 5악장으로 구성되어 있다. 간단명료한 표현에 즉물적인 묘사를 하여 친밀감 있는 쉬운 멜로디로 자주 연주되는 작품이다.

# 오르프

운명이여,
언제나 살아있음을 노래하라.


들판에 흐드러지게 핀 꽃에서
아름다움을 발견한다.
싹트고 낙엽 지는 숲의 숭고함은,
그래 사랑이 싹트는 것은
자연스러운 것.
젊음은 사랑에 눈뜨고
그 열정에 기뻐한다.


태어나면 소멸하는 것,
살아있음을 노래하라.

## Carl Orff(독일, 1895, 뮌헨~1982, 뮌헨)

오르프의 극적 칸타타 '카르미나 부라나' 는 주제를 전개함이 없이 반복하고, 형식이나 화성은 극히
간결하여 일관된 리듬이 두드러진 음악이다. 이 음악은 팀파니의 강타로 시작되는 첫 부분의 합창곡
'오 포르투나(운명의 여신이여)' 부터 청중을 몰아지경에 빠뜨린다. '카르미나 부라나' 의 대본은 13
세기에서 14세기의 유랑 수도승·음유시인들이 익명으로 쓴 시집 〈카르미나 부라나〉에서 오르프가
라틴어로 된 술·여자이야기·연애에 관한 시에 곡을 붙인 것이다. 리듬은 민요의 박자를 맡은 북과도
같은 단순 획일적인 것만 쓰고 있다. 선율은 반음계를 쓰지 않아 창가와도 같으며 화성도 3화음뿐인
데다가 대위법은 거의 쓰지 않고 있다.

179

# 힌데미트

빛은 어디서부터 오는가.
어둠으로부터 오는가,
밝음으로부터 오는가.

미명에, 온갖 소리들이
수런수런 몰려나오고
혼탁 속에서 소리들은
점점 맑고 투명해진다.
금관으로 치닫는 절정의 소리는
이 아침에
금빛 세상을 열고.

그곳에서부터 들려오는
할렐루야의 합창.

**Paul Hindemith**(독일, 1895, 하나우-1963, 프랑크푸르트)

교향곡 '화가 마티스' 는 화가 마티스 그뤼네발트의 이야기를 소재로 힌데미트 자신이 대본을 쓰고,

작곡한 오페라 속의 음악을 3악장으로 편곡한 작품이다. 1악장 '천사의 합주' 는 오페라 '화가 마티

스' 의 전주곡으로, 오르간 음향과도 같은 도입부로 시작되어 독일의 옛 시 '세 천사가 아름다운 노래

를 부른다' 는 민요 선율로 이어진다. 2악장 '매장' 은 오페라 마지막 막의 간주곡인데, 죽음을 느끼

게 하는 무거운 주제와 여기에 맞서는 아름다운 서정적인 부주제가 어울려 나타난다. 3악장 '성 안토

니우스의 시련' 은 오페라 제6막에 나오는 음악으로, 현악기의 유니즌으로 시작하여 마지막에 모든

금관악기가 '할렐루야' 를 장엄하게 연주한다.

# 거슈인

몸이 움직이는 대로
놓아두고 싶다.
소리가 원하는 대로
옷을 벗어던지고
소리에 몸을 맡긴다.
몸이 한결 가볍고
자유롭다.


마침내 어둠을 뚫고 나오듯
클라리넷의 긴 절규,
허공에 길게 획을 긋는
소리의 빛이 선명하다.


때로는 바흐
혹은 바로크처럼.

**George Gershwin**(미국, 1898, 브루클린~1937, 헐리우드)

거슈인을 클래식 음악계의 반열에 올려놓은 '랩소디 인 블루' 는 도무지 어울릴 것 같지 않은 심포니 스타일과 재즈의 결합이 그의 특유의 기법을 통해 성공을 거두었다. 특히 이 작품은 초반에 클라리넷 이 사이렌처럼 울리는 소리로 청중을 황홀경으로 몰고가는 것으로 유명하다. 첫머리의 클라리넷이 최저 음역에서 크레센도로 상승하는 이 선율은 곡 전체를 통한 주요 테마의 하나이다. 이어서 밀어닥 치는 듯한 테마가 피아노 솔로로 연결되는데, 이 테마는 연주 시간 내내 되풀이된다. 애조 띤 선율로 심포닉 재즈의 성공작인 이 작품은 음악사를 새로운 방향으로 전환시킨 작품이기도 하다.

# 코플랜드

겨울이 지나간 곳에는
어김없이 이름 모를 꽃들이
평화스레 피었다.


붉은 빛과 녹색이 넘치는
그 옛날 개척의 땅으로
클라리넷 소리가
바람의 변주를 타고 지나갈 때
밀리고 쫓기던 개척자들의
산등성이 너머 신혼의 마을에서
들려오는 기도소리.


그대 신부여
희망이여.

## Aaron Copland(미국, 1900, 브루클린-1990, 뉴욕)

'애팔래치아의 봄'은 여류무용가 마타 그라함이 하트 크레인의 시에 감명받고서 1943년 코플랜드에게 작곡을 의뢰하여 이듬해에 완성한 작품이다. 코플랜드는 실내악 형식으로 된 이 곡을 "발레와 함께 할 때만 빛을 발할 수 있는 부분을 빼고" 오케스트라 모음곡으로 엮어 발표했다. 전곡 중 가장 유명한 제7곡은 클라리넷 솔로가 셰이커교도의 찬송가 주제를 읊으면서 변주되고, 이윽고 모데라토의 코다로 들어가면 축하객들이 돌아가고 신혼부부만 호젓하게 남는데, 신혼부부가 희망에 찬 미래를 그려 보면서 경건한 기도를 올릴 때 음악이 코랄 풍으로 끝난다.

# 로드리고

아랑후에즈 궁전,

튕기는 기타 선율에 맞춰

누군가 플라멩고를 추는군요.


아련히 젖어드는 노스탤지어 속에

스페인의 오래된 노래는

그대 가슴으로 흐르는 눈물이다가

마침내 소리의 빛이 되어,

그 소리의 빛은

눈 먼 그대에게 와서

빛이 되었네.


**Joaquin Rodrigo**(스페인, 1901, 바렌시아–1999, 마드리드)

로드리고는 3세 때 디프테리아에 걸려서 눈이 멀었다. 그렇지만 음악에 뛰어난 재능이 있었던 그는
25세 때 프랑스로 유학 떠나 작곡가 폴 뒤카를 사사한다. 1936년 스페인 내란이 일어나자 로드리고
는 유럽을 떠돌면서 작곡에 몰두하여 '아랑후에즈 협주곡' 을 작곡한다. 바르셀로나에서 초연된 후
이 곡은 내전에 시달렸던 스페인 국민들에게 무한한 위로와 희망을 주었다고 한다. '아랑후에즈 협주
곡' 은 관현악 표현에서도 그렇지만 기타 솔로에서 스페인적 요소가 더욱 두드러지게 나타나고 있다.
민요조에 서글픈 선율, 소박한 춤곡, 격렬한 집시 풍 리듬이 스페인적 엑조티시즘을 짙게 나타내고
있다.

로드리고의 〈아랑후에스 협주곡〉

187

# 하차투리안

칼은 벼릴수록 아름답네.

맞설수록 힘이 솟고

겨눌수록 지혜롭네.


한 순간 모였다가 갈라지는 빛.

빛처럼 바람을 가르는

북소리 울리네.

발을 힘차게 구르는 칼춤이네.


가슴 벅찬 아르메니아.

**Aram Ilyich Khachaturian**(러시아, 1903, 티프리스–1978, 모스크바)

하차투리안의 발레곡 '가야네' 는 그를 세계적인 작곡가로 알린 작품이다. 적군(Red Army) 병사와 사랑에 빠진 집단농장주의 딸 가야네를 여주인공으로 하는 작품인데, 전4막 50곡으로 구성되어 있다. 그 중 제4막에 나오는 '칼춤' 은 이 발레음악 중 가장 유명한 곡이다. '칼춤' 은 코카서스의 용감한 전쟁춤으로, 격렬하고 리드미컬한 주제가 인상적이다. 곡은 팀파니, 작은 북 및 현을 주로 한 인상적인 리듬의 프레스토에 의한 강주에 이어서 호른과 고음역의 목관과 금관으로 반주된 악구를 지나 중간부는 독주 첼로와 색소폰이 연주하고 다시 첫머리의 리듬으로 돌아가 끝맺는다. '칼춤' 은 피아노 솔로 버전으로도 자주 연주된다.

# 앙드레 졸리베

감기를 심하게 앓고 있다.

신열에 들떠 두드리는 피아노.


원시적 아프리카보다는 환상의 아시아가 더 아름답다.

폴리네시아는 지금 토속 열병이 휩쓸고 간다.

몹시 앓고 나면 몸이 한결 가벼울 것이다.


그곳에 벌거벗은 아이들이 뛰놀고 있는데

시끄러워도 마음이 유쾌하다.

**André Jolivet**(프랑스, 1905, 파리–1974, 파리)

앙드레 졸리베는 어린 시절에 문학과 연극을 전공하려다 22세에 음악으로 전향, 에드가 바레즈를 사사하여 큰 영향을 받았다. 종교적 신비성과 원시성을 추구하였으며, 토속적 요소와 음감, 색채, 리듬을 중시했다. 특히 강력한 리듬의 충격적인 작품 '피아노 협주곡' 은 초연 때 청중의 격렬한 반대로 화제가 되기도 한 작품이나 그후 현대의 피아노 걸작으로 평가받고 있다. 1악장은 아프리카/ Allegro deciso, 2악장은 극동/ Senza rigore, 3악장은 폴리네시아 지방/ Allegro frenetico로 구성되어 있다.

# 쇼스타코비치

깃발처럼 펄럭이는
바람이다,
그것은 군화 소리,
심장이 펄떡인다.

자유의 함성처럼 먼 들판,
풀밭에서부터
붉은 꽃들이 피어나고,
그 붉은 빛 소리가 넘치는
리듬의 대향연.

파도가 붉게 일어선다.

## Dmitry Shostakovich(러시아, 1906, 페테르부르크~1975, 모스크바)

속칭 '혁명' 으로 불리는, 쇼스타코비치의 교향곡 제5번은 '삶' 을 주제로 한 인간교향곡이다. "이 교향곡의 주제는 인간성의 확립이다. 곡은 시종 서정적인 분위기로 일관되어 있으며, 그 중심에다가 한 사람이 겪을 수 있는 모든 체험을 설정해 보았다" 고 밝힌 쇼스타코비치는 이 작품을 통해 구 소련 당국으로부터 신뢰 회복을 얻었다. 쇼스타코비치의 15개 교향곡은 구 소련의 정치사회사의 흐름을 반영하는 생생한 음악적 기록이다. 따라서 그의 교향곡은 시사적인 제목을 갖고 있다. 제2번 '10월 혁명에 바침' , 제3번 '메이데이' , 제7번 '레닌그라드' , 제11번 '1905년' , 제12번 '1917년, 레닌을 추모하며' , 제13번 '바비 야르' 가 그것이다.

# 메시앙

어둠 속에서 손잡은
연인의 모습이네.
무지개 떠 있듯
피아노 소리가 날아다니고
누가 샤갈의 그림을 그리네,
날개 달린 천사도 있네.

오래된 교회당에서 종소리,
아이들의 찬송에
스무 개 별들이 빛나고.
환상처럼 환한 세상으로
새들이 날아오르네.

## Olivier Messiaen(프랑스, 1908, 아비뇽-1992, 파리)

'자연과 신앙' 이라는 두 토양에서 태어난 메시앙의 음악은 환상적인 음색과 상상력이 극치를 이룬다. 그래서 그의 작품을 '음악의 무지개' 라고 부르기도 한다. '아기 예수를 바라보는 20개의 시선' 은 교회음악에서 자주 볼 수 있는 심볼리즘적 작곡기법에 대한 이해가 필요하다. 심볼리즘적 작곡기법의 예를 들면, 신의 완벽함은 한 옥타브로 7번째와 14번째 곡에, 창조를 상징하는 숫자 6번째와 12번째 곡에 신의 말씀을, 5번째·10번째·15번째·20번째에 '신성함' 을 나타내는 곡들을 배치했다. 이 20곡 가운데 '사랑의 교회의 눈길' 을 보면 '신의 주제' 에 의한 완전한 프레이즈로 팡파르 풍이다. '신의 주제' 에 의한 긴 코다, 사랑과 즐거움의 승리, 즐거움의 눈물. 이 피날레 곡은 전곡 중에서 가장 길어 15분 연주된다.

# 바버

끊어질 듯 흐느끼는 듯

낮도 아니고 밤도 아닌 듯

새벽의 동틀 무렵보다는 저녁의 해질 무렵인 듯

기쁨도 아니고 슬픔도 아닌 듯


그렇지만, 감미롭고 충만한 나의 생각

**Samuel Barber**(미국, 1910, 웨스트체스터–1981, 뉴욕)

바버의 '현을 위한 아다지오' 는 자신의 '현악 4중주 제1번' 의 2악장을 관현악곡으로 편곡한 것이다. 이 작품은 고요한 화음의 반주를 타고 제1바이올린이 명상적 느낌을 자아내는 주제를 제시하는 것으로 시작된다. 이후 첼로가 등장해 점차 열정적으로 분위기가 고조되기 시작하며 절정에 다다랐다가 연주는 아주 여린 음으로 돌아와 제1바이올린과 비올라가 다시 주제를 제시하면서 고요하게 끝난다. 서정적이면서 비가적인 선율의 특성으로 이 음악은 영화나 드라마의 배경음악으로도 많이 애용되고 있다. 특히 올리버 스톤 감독의 영화 '플래툰' 에 사용되어 깊은 인상을 남겼다.

# 브리튼

이 세상 선과 악의 원초적 투쟁이듯
파도는 억센 삶으로 악착같이 달려든다.


올드버러의 편견 속에 떠도는 그대 영혼은
검푸른 파도 끝에서 한낱 물보라로 부서지고


주일 아침의 고요처럼 바다가 멀리서 잠잠할 때
해안 어디선가 들려오는 파사칼리아.

## Edward Benjamin Britten(영국, 1913, 로우스토프트~1976, 올드버러)

20세기 작곡가이면서도 무조음악에 빠지지 않고 독자적 작곡기법으로 걸작을 남긴 브리튼은 퍼셀 이후 영국 최고의 작곡가로 칭송받고 있다. 그는 대중적으로도 성공한 작곡가로 1939년부터 2년여 미국 체재 시 '바이올린 협주곡' 과 랭보의 시에 의한 '일류미나시옹' , '미켈란젤로에 의한 7개의 소 네트' , '현악 4중주 제1번' 등을 작곡한다. 무엇보다도 중요한 것은 이 시기에 지휘자 쿠세비츠키로 부터 오페라 청탁을 받고 '피터 그라임즈' 를 작곡한 것이다. 올드버러에 사는 한 우직한 어부의 비극 을 그린 '피터 그라임즈' 는 한 개인이 사회의 편견이나 악과의 투쟁에서 결국 파멸하는, 선과 악의 원 초적 대립을 내용으로 하고 있다.

# 윤이상

오랜 세월 뿌리 내렸는데
때 아닌 비바람에 꽃잎들이 떨어졌네.
안타까운 마음에 흐르는 눈물처럼
붉은 꽃잎들이 줄줄이 떨어졌네.

떨어져 뿔뿔이 흩날릴 때는
꽃이 아닌 줄로만 알았는데
비바람 속 세상은 온통 꽃밭이었네.
오월이라 더욱 붉은 장미 꽃밭이었네.

**尹伊桑**(한국, 1917, 경남 산청~1995, 베를린)

독일 음악학자들은 윤이상의 음악에서 예술적·정치적 앙가주망이 결함없이 이뤄졌다고 했다. 윤이상은 1980년대 이후부터 적극적으로 한반도 민족현실을 음악작품에 담아냈다. '광주여 영원하라' (1981년)는 단악장 형식의 관현악곡으로, 윤이상이 이 작품에서 다룬 충격은 그동안 그의 작품에서 볼 수 없었던 격렬한 감정의 분출로 나타난다. 빈번히 등장하는 ffff 내지 fffff의 음량은 음악 자체가 항거하는 듯 폭력에 대한 울분을 표출하고 있다. 첫 부분은 탄압, 중간 부분은 공포와 희생자들의 흐느낌, 끝부분은 민주주의를 향한 저항을 담고 있다. 윤이상은 "이 작품은 특정한 역사적 사건을 기억하는 것 이상이다"라고 악보에 남겼다.

윤이상의 〈광주여, 영원하라〉

201

# 번스타인

그것은 첫눈에 오는 것,

자신도 모르게 눈빛으로 와서

마음속의 떨림으로 있는 것,

사는 동안 내내 마음속에 있는 것,

살다가 죽은 뒤에도 누군가에게 남아 있는 것,

많은 세월이 흘러도 처음 그대로 남아 있는 것,

그냥 누구에게나 와서 기쁨이었다가

눈물이었다가 그래도 기쁨으로 남는 것,

토니와 마리아의 '투나잇'에서처럼,

어느 순간 첫눈에 오는 그것은.

**Leonard Bernstein**(미국, 1918, 로렌스-1990, 뉴욕)

번스타인은 지휘뿐만 아니라 재즈나 포퓰러 음악의 어법을 구사한 작곡도 시도했었는데, 뉴욕 빈민가에 사는 불량소년들의 대립을 〈로미오와 줄리엣〉 두 집안의 적대 관계에 빗대서 쓴 뮤지컬 '웨스트 사이드 스토리' 가 그 중 최고 걸작이다. '웨스트 사이드 스토리' 는 아더 로런츠의 대본과 스티븐 손다임의 작사로 1957년에 작곡, 아내 펠리시아 콘에게 헌정한 작품이다. 이 가운데 제1막 제2장의 '이제 뭣인가 올 것 같다' , 제4장의 '지금까지 듣던 중 가장 아름다운 소리' , 제5장의 '투나잇'  '아메리카' , 제7장의 '하나의 손, 하나의 마음' , 그리고 제2막 제1장의 '어느 날 어디에선가 만나자' 가 유명한 노래다.

# 피아졸라

황혼녘, 적포도주 빛으로 물드는 부에노스아이레스.

핏속을 흘러온 그대들 삶의 고단한 내력을

탱고 열정에 실어 훌훌 날려버리고,

시름에서 날아오르는 새처럼

비로소 자유를 노래하는 영혼과 육신.


반도네온의 고달픈 울음이

가슴을 파고드네.

**Astor Piazzolla**(아르헨티나, 1921, 마르델플라타~1992, 부에노스아이레스)

피아졸라의 탱고음악이 클래식 음악계에서 센세이션을 일으키기 시작한 것은 1991년 크로노스 사중주단이 '다섯 개의 탱고 센세이션'을 발표하면서부터다. 세계적인 반향을 불러일으킨 이 작품 이후 피아졸라는 탱고의 황제로 불리게 된다. 그의 작품은 반도네온과의 앙상블이 많다. 다니엘 바렌보임이 만든 탱고 음반도 세계적 선풍을 일으켰고, 이어 기돈 크레머의 '피아졸라에 대한 경의'가 발표되었다. 요요 마·임마누엘 엑스·파블로 치글레르·알반 베르크 사중주단 등 클래식 연주가들과 개리 버튼·짐 홀 등의 재즈뮤지션에 의해 그의 음악은 빠른 속도로 세계화되었다.

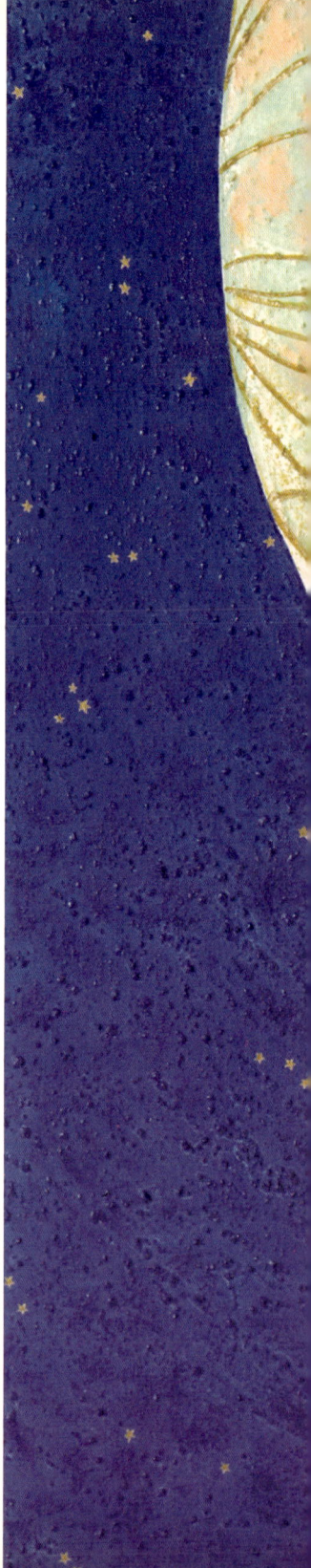

# 리게티

달의 일그러진 모습이다


밤바다에서는 파도가
거친 숨을 몰아쉬고 있다
세상의 온갖 소리들이
밤새껏 글리산도를 반복한다
이 모두 얽히고설킨 삶의 부분이다


그래도 삶은 신기하게 아름답다
오늘 밤 부르는 노래처럼.

리게티의 〈변형된 녹턴〉

**Gyorgy Ligeti**(헝가리, 1923, 루마니아의 트란실바니—2006, 빈)

리게티의 현악 4중주 제1번 '변형된 녹턴' 은 격렬한 반음계 진행에서 변덕스런 춤곡에 이르기까지

다채롭게 변모하며 다양한 종류의 기악 연주법이 사용되고 있다. 독특한 음향과 민속적인 악상이 어

울리는 이 곡은 급강하와 급상승이 반복되는 앙상블을 요한다. 한 악장인 이 곡은 강렬한 헤미올라

리듬이 매력적이다. 특히 후반부에 접어들면 모든 악기가 빠른 글리산도의 반복하는 부분이 나오는

데, 오랫동안 우주적인 음향을 들려준다. 신기한 음향들과 격정적인 리듬과 앙상블이 재미있다. "음

악은 진실되면 그만이지 반드시 아름다워야 하는 것은 아니다" 라고 그는 말했지만, 듣다 보면 그의

음악은 신기하게 아름답다.

# 쉐드린

가슴속의 불,

빗발치는 타악기 음마다

가슴속 불꽃이 튄다.

눈빛은 불꽃을 닮아가고

바싹 타들어가는 입술은

현의 간절한 떨림으로 노래한다.


감정이 더욱 불타오르도록,

열망이 더욱 격렬해지도록,

인생을 더욱 사랑하도록.

**Rodion Shchedrin**(러시아, 1932, 모스크바- )

쉐드린을 서방에 알린 '카르멘 모음곡'은 쉐드린이 부인 프리세츠카야를 위해 썼으며, 1967년 볼쇼이 발레단이 프리세츠카야의 타이틀 롤 공연으로 대성공을 거두었다. '카르멘 모음곡'은 원래의 오페라보다도 표현이 더욱 격렬하고 직선적이어서 청중을 쉽게 열광의 도가니 속으로 몰아넣는다. 악기가 현악기와 타악기만으로 편성된 이 작품은 1곡 서주부, 2곡 춤, 3곡 첫 간주곡, 4곡 위병의 교대식, 5곡 카르멘의 등장과 하바네라, 6곡 장면, 7곡 두 번째 간주곡, 8곡 볼레로, 9곡 투우사의 음악, 10곡 투우사와 카르멘, 11곡 아다지오, 12곡 카드점 치기, 13곡 피날레로 되어 있다.

# 스티브 라이히

심장이 뛰기 시작한다.

살아났다.

다시 정상 심박동으로 돌아온 지금

살아 있다는 기쁨에

가슴이 두근거리기도 하고

숨이 턱까지 차 할딱거리기도 한다.


수술실의 에테르 냄새를 맡으면서

혹은 전쟁이 훑고 간 자리에서

살아 있다는 기쁨을 노래하는

생애에서 가장 아름다운

심장의 아리아.

## Steve Reich<sub>(미국, 1936, 뉴욕- )</sub>

14세 때 뉴욕필의 팀파니 연주자로부터 드럼을 배우며 음악계에 입문했다. 단순한 모티프와 화음의 반복과 조합을 바탕으로 하는 미니멀리즘 작품을 쓰기 시작해, '4대의 오르간' '드러밍' '박수 음악' 등의 화제작을 내놓았다. 1988년에 발표한 'Different Trains'는 현악 4중주곡으로 말소리에 암시된 음고의 높낮이를 음으로 옮겨 음악적 동기로 사용한 작품으로 억양의 변화와 말의 빠르기에 따라 음악의 조성과 템포가 변하는 음악이며, 현악 4중주로 하여금 달리는 기차소리를 연상시키는 음악을 연주하게도 한다. 제1악장-미국, 전쟁 전. 제2악장-미국, 전쟁 중. 제3악장-전쟁 후로 되어 있으나 꼭 의미를 둘 필요는 없을 것 같다.

끝으로 …

클래식 음악을 고등학교 시절부터 들어왔다. 1960년대 초, 당시에는 음반 구하기도 쉽지 않아 종로1가의 〈르네상스〉와 을지로입구의 〈아폴로〉 음악감상실에서 주로 들었다. 신당동 집에서 혜화동 학교까지 걸어다니면서 전차표 값을 모아 음악감상실 입장권을 샀다. 문학 수업도 그 시절에 독학으로 시작했다. 현재 롯데백화점 본점 자리에는 당시에 국립도서관이 있었다. 그곳에서 책을 읽다가 저녁이면 〈아폴로〉나 〈르네상스〉에 가서 밤 10시까지 서너 시간 음악을 듣는 것이 그 시절의 일상이었다.

이제 와서 1960년 4·19에 유감은 없지만 내 개인사로 볼 때 그 사건은 불우한 청소년기를 보내게 되는 계기가 됐다. 그때 나는 중학교 3학년이었다. 자유당 정치인들과 연관됐던 아버지의 사업은 하루아침에 부도가 났고, 그 일로 병을 얻은 어머니는 몇 년 후 돌아가셨다. 독실한 기독교 가정에서 자라난 나는 여러 교회를 떠돌며 마음을 잡으려 했지만 잘되지 않았다. 등록금을 못 내 학교수업은 빠지기 일쑤였다. 그때 우연히 음악감상실에 들어갔다가 음악으로부터 마음의 위로를 받기 시작했다. 음악을 듣기 시작하면서 좀더 깊이 체계적으로 들으려니 관련 책을 봐야 했다. 그래서 국립도서관에 드나들기 시작했고, 그러면서 자연스레 문학 수업도 이루어졌다.

그런데 결국 이것이 내 평생의 직업이 될 줄은 몰랐다. 학창시절의 아픔을 달래려 끝없이 음악에 빠져 들어가면서 한편으로 문학수업에 매달렸던 나는 신춘문예에 시 당선으로 문단 데뷔를 했다. 그리고 몇 군데 직장을 거치던 나는 음악잡지 월간 〈객석〉의 창간멤버로 참여해 초창기 편집장을 지냈다. 그리고 그 후에도 음악잡지 〈피아노 음악〉과 〈스트링 앤 보우〉의 편집장을 지금껏 하고 있다.

여기 101편으로 묶은, 작곡가를 주제로 한 시는 20여 년 음악잡지 편집장을 거치면서 탄생한 것들이다. 음악을 들으면서 언제부터인가 그 감동을 시로 쓰려고 노력했으나 음악의 벅참이 너무 커서인지 뜻대로 되지는 않았다. 후기 낭만음악의 숭고한 비장미와 무거움이 내 청춘의 아픔을 누르면서 나를 위로해 주었으며, 나이 들어서는 모차르트 음악의 슬픔을 느끼기 시작했고, 죽음을 관통하는 바흐의 경건성에 빠졌다. 그래도 나는 음악의 그 끝에 베토벤의 '합창교향곡'을 두고 싶다. 그리고 나는 앞으로도 음악을 주제로 한 시를 계속 쓰고 싶다. 음악을 들으면서 남몰래 흐르는 눈물, 거기에 버금가는 시를 쓰고 싶은 것이다. 그것이 내 청소년기 방황을 치유해준 음악에 감사하는 길이라 생각하고, 지금 시작의 운을 뗐다.

2012년 봄, 이인해

**남몰래 흐르는 눈물** Ode to Music 101

**지은이**_ 이인해

**펴낸이**_ 박영발

**펴낸곳**_ W미디어

등록_ 제2005-000030호

1쇄 발행_ 2012년 2월 24일


주소_ 서울 양천구 목동 907 현대월드타워 1905호

전화_ 6678-0708  팩스_ 6678-0309

E-mail : wmedia@naver.com


ISBN 978-89-91761-54-4    03810

값 12,000원